Mukizu
無傷

朝を待つなら海の中

はじめに

わたしは冴えない人間だ。

何かに選ばれることもなく、語れる何かがあるわけでもなく、目を引く美しさも持っておらず、天使のようにやさしくもない。

社会にしがみついて、なんとなくできることをなんとなくやって生活している。どうにかそれっぽく見える皮膚を張りつけているだけで、それを一枚一枚剝がしていけば、残るのは「くだらない」の文字だけだろう。

小学生の頃、大縄跳びがこわかった。

縄にあたってしまうことが、ではなく、いつ動けばいいかをみんなが知っていて、わたしにはそれが分からないことが。わたしだけ知らないリズムがこの世にあって、みんなは難なく当たり前のように乗れている。

分からないなりに、えいっと飛び込む勇気も出ない。先生が動き出すタイミングで背中をたたいてくれるのに、それでもどうしても動き出せない。

最初はクラスメイトがかけ声を出してくれていたのに、それもすぐ聞こえなくなる。足が地面に張りつく。縄が地面にあたるバシッバシッという音がやけに大きく響いている。

大縄跳びは、運動会でも、冬の体育の授業でも、週に一回お昼休みにクラス全員で遊ぶときでも、クラス対抗の運動大会でも行われた。子どもの頃のわたしは、自分だけが知らないリズムを何度も何度も頭の中で響かせた。

ふとしたとき、頭の中で、縄が地面にあたるバシッバシッという音が鳴る。

道に迷ったとき。料理屋で店員さんをうまく呼べなかったとき。電車の乗り換えを間違えたとき。職場でお腹が痛くなったとき。卵を床に落としたとき。相槌の種類を間違えたとき。ひとりであることをどうしようもなく感じたとき。恥ずかしい自分の言動を思い出すとき。お気に入りの服が汚れたとき。何か間違えている気がして眠れないとき。バシッバシッと、縄が地面をたたく音は大きくなる。

自宅のお風呂のお湯に潜るのが好きだ。

お行儀は悪いが、水の中にいると、わたしはわたしとふたりきりになる。さっきまで聞こえていた外の音は聞こえなくなり、自分の鼓動だけを感じる。お湯に浸かっていつもより少し速くなった鼓動が、メトロノームのように規則正しく鳴る。そのおかげで、わたしは少し離れたところからわたしを感じられる。

これはわたしだけが知っているリズムだ。もう縄が地面をたたく音は聞こえない。息がくるしくなって顔を出して、大きく息を吸う。

そうしてようやくわたしは、冴えないなりに、くだらないなりに、自分が本当に思っていることを言葉にできるようになる。

編集者さんに声をかけていただいてからの一年間、何度も海底に潜るように自分の思っていることを探った。

何もないなりに、いままで感じてきたあらゆる感情が、ちゃんと海底にいた。誰かのためになることは書けていないし、面白いことも書けなかったが、わたしだけが知っているわたしのリズムだと胸を張って言える。

ひとりの夜、息の詰まるような音が頭に響いて眠れないとき、この本が耳を塞ぐかわりになれるとうれしい。

もくじ

1章 海がみたい

海底の暮らし

たまに、海底で生きている想像をして、ひとりでいることに納得しようとする。

終電で帰って、できるだけ音を立てずにアパートの階段を上るとき。部屋でひとりきり名前もついていないご飯を食べ、食器を片づけているとき。街中ですれ違う人が一緒に歩いている相手に笑顔を向けた瞬間、うっかり目が合ってしまったとき。複数人での会話の中で、声を出せる隙間が見つからず、ただ曖昧に笑みを浮かべるしかないとき。取るに足らない出来事なのに、自分以外で世界が完結しているような気分になる。そんなとき、この場所を表すならば、「海底」以外にないだろうと思う。

海底は嫌いじゃない。どんなことがあっても、海底に潜ってしまえば、もう大丈夫だ。海底は静かで暗くて、思っていたよりも過ごしやすく、何も望まなければ孤独にくるしむこともない。さみしいといえばさみしいのだろう。だけど、ここは海底だと言い聞かせながら、ひとりきりで手の届く範囲の悩みを抱えているあいだは、さみしさよりも安心が勝る。話す人がいなくても、光が届かなくても、何も問題はない。

それでも、どうしても人と関わりたくなり、水上に顔を出そうとすることもある。毎度後悔するのでやめておけばいいのに、どうしようもない自分でも誰かと仲よくなれるのではないかと期待してしまう。

「この漫画面白いよ」とか、「はじめて行ったパン屋さんがおいしくてうれしかった」とか、「この新譜聴いた？」とか、「髪をばっさり切ろうか迷ってる」とか、話せたらうれしいけど別に話す必要もないことを話せる関係に憧れてしまう。なんてことない話を、なんの不安もなく誰かに話せる日を夢見てしまう。自分を好きになれるなら、人に話したいことがたくさんあるのだと気づいてしまう。

それに気づいてしまうともう、いままで大丈夫だった海底がひどく広くて冷たくてものさみしい場所に思えてくる。

自分のことを「くだらない話をしても許される人間」だと思うことがどうしてもできない。軽く触れあうような会話ができない。そういうリズムが分からない。水上に出てみても、結局何もできず、どんどん無口になっていき、諦めて海底に戻るしかなくなるのだ。

だからわたしは、おいしかった食べものも、今日のさみしさも、明日の不安も、文章に残す。ただのメモ書きになんの意味もないが、眠れない夜に自分の書いたものを読み返すと、自分を遠くから見ている気持ちになり、「奇跡のようにあなたの気持ちが分かる」と思う。

海底で自分を抱きしめて満足していれば、とりあえず一晩は生き延びられる。

十年近くの前の自分の日記に、「愛を受け入れられる人がきちんと愛されて生きていけたらいいなと思う。わたしはそれから一度も地上を見あげることなく海底でひとり歳をとった」と書いてあった。我ながら不気味だが、わたしは昔からずっと、海底にいる想像をしながら、人と関わることにもがいていたことになる。

思えば、小学生のときも中学生のときも高校生のときも、移動教室やお昼ご飯を一緒に食べるクラスメイトがいても、文化祭で一緒に行動したり休日に遊びに行ったりするような特別なときには、取り残されることが多々あった。

限定的な場所で円滑に人と関わる必要がある条件下でのみ、わたしは誰かを受け入れて、誰かに受け入れてもらえていた。その場においては、誰かがわたしに溶け込むことを許し、みんなの中にわたしが溶け込むことも許されていた。しかし、そこから一歩外に出ると、わたしは誰も選べず、誰にも選ばれなかった。

大人になればそのような瞬間はなくなるが、「誰からも特別に愛されない」という確信だけは常にあり、いつか本当に誰かに特別に愛されるまで、「自分は誰からも特別に愛されない人間だ」ということを証明し続けることになる。

たとえばあと六十年くらい生きて、死ぬ前に何か思うとしたら、「結局何にも誰にも選ばれなかった」ということなのではないか、と考える。

なぜ誰とも親しくなれないのか、なぜ人と親しくい続けられないのか、なぜコミュニケーションを間違えてしまうのか、なぜどこにも馴染めないのか、みんなが解ける問題をわたしだけが解けず、教室でぽつんと立たされている気持ちのまま、あと何十年も生きなければならないのかもしれない。

誰にも見定められず、誰にも見限られず、自分に期待せず、居場所がなくても落胆せず生きていけるのであれば、どれほどいいだろう。生きている限りそれは無理な話だから、わたしは今日も海底にいる想像をしてひとりに耐えるしかない。

体は新宿や渋谷、神田、上野、神保町、三軒茶屋、錦糸町、人形町、川崎、いろいろなところに行き、社会人のふりをしてヘラヘラするが、心だけは海底に置いておけば大丈夫なのだ。

わたしの心がきれいに収まる居場所はここなのだと言い聞かせ、疲れ切った体を動かし、ああ、今日も息がくるしかったと思いながら、ひとり海底に戻っていく。

海辺にて

わたしが生まれ育った場所は、四国にあるとても小さな町だった。家のすぐ前に川があり、夕方になると、川辺の木に白鷺《はくろ》が止まって立派な花が咲いているように見えた。川沿いを五分ほど歩くと海にたどり着く。車でさらに五分ほど行くと、海岸線がきれいに続く道路へと出る。いつも風が強く吹いていて、潮の匂いが充満していた。晴れの日は海もやたらと青く、夕方になれば夕陽を反射して赤くなり、曇りの日は海も薄暗く、霧の濃い日は海も白み、夜は海も真っ黒になる。空と海が町の大きな灯りのようだった。

わたしは海が好きだ。いつも心の中で海を渇望している。

以前、人と話していたときに、「あなたは海欲が強いね」と言われたことがあった。誰もが海を希求する心を持っているわけではないと、そのときはじめて知った。ずっと、海への希求は人の心に備わった抗いようのない欲求だと思っていたが、そうではなかった。自分の心の奥底にあるこの感情は、わたしがあの場所で生きながら育んできたひとつの欲求だと思うと、誇らしかった。

以前、海沿いの町で「コーポ・シーサイド」というアパートを見つけたことがあった。いつか「コーポ・シーサイド」に住んで、二階の角部屋から海を眺めて過ごしたいと願っている。

尾崎放哉《おざきほうさい》の「海が少し見える小さい窓一つもつ」という句が好きだ。コーポ・シーサイドにはきっと、「海が見える小さい窓」がひとつあるだろう。昼は海辺でアイスを売り、夜は灯台守の仕事をする。水面《みなも》という名前の大型犬と一緒に暮らして、夕方に海辺を散歩する。休日はお昼まで部屋でだらだらと過ごし、お腹が空いたらお素麺を食べて、先週買ってから読めていなかった本を読む。西日のまぶしさで夕方になったことに気づき、部屋を掃除して散歩に出ていく。誰にも執着せず、どこかに居場所をつくろうと躍起にならず、本当の愛はすべて犬にあげて、たまに微笑み、心やさしく静かに暮らすのだ。

などと素晴らしい生活を妄想しながら、仕事の締め切りに追われ、満員電車に揺られ、思ってもいないことを話し、日傘をさしてアスファルトの上を歩いている。

わたしの海は、心の奥でだけ静かに揺れている。社会から離れて人と関わらず海の近くで過ごせるなら、わたしはわりと自分のことが好きかもしれない、と思いながら、どうにかいまの醜い自分をなだめる。コーポ・シーサイドに住めば、わたしの悩みはすべて解決するだろうと夢見て、そこを最後の逃げ場にして、なんとかいまの生活を受け入れる。

尾崎放哉の海の句は、「海のあけくれのなんにもない部屋」「何か求むる心海へ放つ」「人を待つ小さな座敷で海が見える」も好きだ。わたしがいちばん好きな海は、孤独と対峙しながら見る海なのだ。その海を知っている人の言葉を信じている。

同じくらい好きな海は、海の先にある明るい何かを想像させる海だ。水平線のきらめきを見ていると、その向こう側にまで続く海が自分の心へと繋がっているような、やたらと壮大な気分になる。

それに気づいたのは、梶井基次郎の『海』を読んだときだった。「われわれが海を愛し空想を愛するというのならいっさいはその水平線のかなたにある。水平線を境としてそのあちら側へ滑り下りてゆく球面からほんとうに美しい海ははじまるんだ。君は言ったね。」わたしが妄想する海辺の暮らしは、いつも水平線のかなたにある。

忘れてもいい

これから先もずっと生き延びてしまうとするなら、この先十年の人生のテーマは「忘れてもいい」だと思う。

わたしはわりと人との会話を覚えている方だ。記憶力がいいというよりも、人と関わることが少ないので、相対的に覚えていられることが多いのだ。記憶の容量は決まっているから、本当は残しておきたい記憶に容量を使いたいし、大事な思い出は一生忘れずにいたい。人との会話でわたししか思い出を覚えていないとき、さみしさもあるが、自分の記憶を自分の脳も大事に思ってくれた気がして誇らしくなる。

だから、「誰よりも長く、たしかに、思い出を覚えていること」こそが、わたしにできる愛情の証明になるのだと思っていた。わたしの脳が、心が、記憶することを選んだのだと、何度も繰り返し思い出していたのだと、自信を持って言えるなんて、うまく喋れず、行動する前にうじうじ悩み、特別なものを買うお金もないわたしにできる証明はこれ以外にないだろう。愛にはきっと絶対性と普遍性が求められるだろうから、変わらないことをひたすら証明できればいいのだ。

変わっていくものがこわい。変化する感情がこわい。一度誓ったことは撤回などできないし、一生その誓いのもとに生きるのが当然だと信じていたので、かつて好きだった人への執着心が少し薄くなったときも、この心の変化は、自分の信用を失う行為だと感じていた。

「変わらずにあるもの」こそが貴いはずなのに、それを知っているはずなのに、わたしは当たり前に生活をして、当たり前に感情を変化させていくなんて信じられなかった。変わっていける自分が不思議でたまらなかった。

いつも執着と信仰でしか人と仲よくなれない。人と仲よくするということが、信仰心をもって人に執着するということとイコールになってしまう。だって、誰かを好きになって、いつかどうでもよくなって離れて、また誰かを好きになって、それを繰り返しながら人生を進めていくことは、あまりにもむなしい。それならば、人を特別だと思い込むしかない。そして、起こった出来事を大事に箱に詰めて、たまに思い出しては味わって、これが愛だと信じきるしかない。

だけどそれは、人生の醍醐味が執着にあると思い込んでいただけだった。「こんなにも覚えている」と声高に叫んでも、何かを証明できるわけではない。そんなことも知らず、わたしはいつも自分の感情に絶対性と普遍性を求めていた。

あらゆる人間関係において、ユニコーンの楽曲『すばらしい日々』とサニーデイ・サービスの楽曲『いろんなことに夢中になったり飽きたり』に記されていることが正解なのだと思っている。

大切なことを忘れてもいいし、忘れられず思い出してしまってもいい。自分にとって大切だったことを大切な人が忘れてしまってもいいし、たまに思い出してくれてもいい。忘れることで見つかるものもあれば、思い出を取り出し続けて形づくられるものもある。変わっていくことは悪いことじゃないし、無理やり何かに答えを出す必要もない。

忘れたり、忘れられたりが、何にも影響しないと信じられることが大事なのだろう。

この先十年は「忘れてもいい」を指針にして、時間が流れて変わっていくことをただ眺めていたい。「覚えている」ことはなんの証明にもならないと受け入れよう。

忘れてもいいし、忘れられてもいいと思えば、人と向きあうのはこわくなくなる。忘れたり忘れられたりすることで孤独になっても、孤独は自分の抱えられる範囲内でひたすら増殖するだけなので耐えられる。誰かの人生で暴れなくても、やさしく人と向きあう方法がある。

かわいいヤツめ

わたしのどうしようもなくダメなところを「かわいいヤツめ」で許してくれる人などこの世にいない、と理解してから、人生はただひたすらマイナスをゼロにするための努力をし続ける場でしかなくなった。

ずっと、いつか友だちや家族や恋人など、誰かがわたしの人生にふわっと入ってきてくれるものだと思っていた。そして、自然と風が吹いて、自分の思ってもみなかったところに転がっていけるような幸せが舞い込んでくるのではないか、と信じていた。しかし、あるときから、それを得ることは不可能と言ってもよさそうだと気づいた。

そのことに気づいた瞬間がたしかにあった。二十代前半の頃、たいへん好きな人がいた。その人はわたしのダメなところを決して許さず、甘やかしてはくれず、わたしが何かに失敗すると心底げんなりとした顔をした。

当時のわたしは、明るく挨拶をしたり、人から好きな食べものを聞かれたら相手にも同じことを聞いたり、飲食店で率先して注文をしたり、目的地までの道順を事前に調べて準備しておいたり、社会人としては当たり前のことなのだが、そういうことがまともにできない人間だった。

人に嫌われることを恐れ、どう評価されるかと怯え、人と関わるたびに自己採点をしてそれから先十年は思い悩むような面倒くさい性格をしていながら、人とまともにコミュニケーションが取れず、肝心なところで気が利かず、どうでもいいところで積極的になって邪魔をし、それをまともに指摘してもらえるほどの人間性もない、周囲を困惑させるだけの人間がわたしなのだ。

わたしのそういうところに彼は気づき、冷静に評価した。

そして、人からの印象をよくする努力もせずに、どうして好きな相手に対して、自分から向ける感情と同じだけ愛されようとしているのかが不思議だと言った。

恥ずかしいことに、わたしはそれを言われるまで、人には「人に愛されるための努力」が必要であることを知らなかった。

本当に分かりあえる人同士は、風に揺れる草花や海の白波を一緒に眺めていると自然とすべてを分かりあえて、お互いを必要とし始めるのだと信じきっていた。本当の自分を分かりあうことが目的なはずなのに、なぜ自分をよく見せる必要があるのか、心の底から分かっていなかった。むしろ、努力して得た愛情は偽りなのではないかとすら思っていた。そういう愛がいつかきっと自分のもとにもやってくるだろうと思い込んでいた。

つまり、わたしは自分のことが嫌いなのに、自分のことにこだわりすぎていて、特別な人間の特別な人生のようなものを自分にあてはめてこそ救われると思っていた。だから、好きな人に特別じゃない人間として扱われ、正当な方法で自尊心を崩されたことで、ようやく特別じゃない自分の特別じゃない人生を受け入れられるようになったのだった。

それから、マイナスをゼロにするだけのわたしの人生が始まった。

どうにかそれっぽくしがみついてきたおかげで、社会でそれっぽく見られることも増えた。頑張れば愛想笑いもできるし、思っていないことも言えるし、名刺の渡し方や席次を気にしたりもできるし、全然よいと思っていないことを褒めたりもできる。全然平気なんかじゃないが、思っていたよりも普通っぽく振る舞うこともできる気がしている。

いや、できないことの方が多いのだが、社会に属している自覚がある時間だけは、うまくできているかは置いておいて、社会に属しているふりができるようになったと思う。
それは完全にあのときの気づきのおかげだったので、会えなくなってずいぶんと時間が経ち、風の噂で幸せな家庭を築いたと聞いてからも、彼への感謝の気持ちは消えない。

ただ、無理をすれば平気なふりをして生きられるというのは、むなしくもある。実際、それっぽい振る舞いをしても全然平気だが、平気なだけでうまく生きられるわけではない。
毎日落ち込んで、あとひとつでも失敗すればそれで人生が終わりそうな、命綱なしで綱渡りをしているような気持ちでいる。

今日もコミュニケーションを間違えた、なんであのとき行動できなかったんだろう、関わった人全員に嫌われているに違いない、と涙しながら布団に潜り込むとき、ふと、どうしようもなくダメなところを「かわいいヤツめ」で許してくれる人がいればこんな気持ちにはならなかっただろうか、と考えてしまう。

そのたびに首を振り、わたしに残されているのは、毎日反省しながら真っ当な人間になるべくもがくことだけなのだと思い直す。もはや「人に愛されるための努力」というよりも、「人に許されるための努力」だが、それを実践していればそれっぽく生きられるなんて簡単なことだ。

あぁ、むなしい。むなしいけど、それしかない。

生き延びるための思い出づくり

人との関係が終わっていくとき、酸素の薄い場所で死を待っている感じがする。

これを孤独と言わずしてなんと言うのだろう。人に執着してもしかたがないのに、人との関係が終わることに怯えながら生きている。

コミュニケーションを失敗したり、反対に何もやらなかったり、あらゆる選択の間違いに気づき、「しまった」と思ったときにはもう遅い。

そのうえでやったことはすべて失敗するし、やらずにいたことはすべて可能性だけを残して行き場を失ってしまう。耐えられず逃げ出せば、選べたかもしれない「もしも」の世界を考え続けるしかない。

誰かとずっと親しくしたいなら、すべての選択肢を間違えずにいなければならないのかもしれない、と不可能なことを考えて途方に暮れる。人との関係は自然と終わっていくことが多いのだと理解しているし、生きていれば「もう会わなくなった人」が増えていくと知っているが、それでもなお人と出会って人と離れてを繰り返すことになんの意味があるのだろうか。

大縄跳びで自分だけがなかなか入れず、視界がどんどん狭まっていく感じ。自分が席を外していたときに盛り上がっていた話題に入れないときの感じ。一緒にご飯を食べている人のペースに合わせられず、焦ってご飯を口に詰め込んでいるときの感じ。あれが一生続くのだ。

そして、人との関係が終わっていくときと同じくらい、人がいる場所で孤独を感じるときがくるらしい。

何かスイッチがあるわけでもなく、ただただ、ふと、人がいる場所で自分の輪郭を意識してしまい、自分はどうしようもなく自分以外の人間にはなれないのだと気づいてしまう。

都会にいれば、夜にひとりで遊びに出ることもできるし、お酒を飲みに行けばひとりにはならないのだが、人がいる場所で孤独を感じたときのことを想像すると、恐ろしくて実行には移せない。

外に出て、そばに人がいる中でわたしはひとりだと思い知って孤独になったら、もうどこにも戻れない気分になる。ひとりでいるときに陥る孤独よりも、呼吸のやり方が複雑化してしまうのだ。

孤独を感じるとき、日常生活における、居場所がないとか、仕事ができないとか、愛されないとかの悩みは問題じゃない。それらは孤独の正体ではない。

そういった現実的な問題をどうにかしようと頑張ったとして、そしてそれらすべてが運よく解決できたとして、生きるのは変わらずつらいだろうと当たり前のように思っていることが問題なのだ。不幸じゃない。もしかしたら生きていて満たされることだってあるかもしれない。その期待はできるのに、人生を正面から生き抜く想像はできない。

解けない呪いのために頑張っても意味はない。その醒める一瞬に、孤独の本質があると思う。

わたしはわりと孤独に耐えられる方だ。いや、実際は耐えられていないので、耐えているように自分を騙す方法が少し分かると言った方が正しいかもしれない。

職場の人と流れで占いに行ったことがある。そのとき、占い師さんに生年月日と名前を伝えたところ、「あなたは孤独ですね」と言われた。それが本当かどうかはさておき、自分を騙し騙し生きてきたことが、人に認められるのは素直にうれしかった。

自分を騙す方法にはコツがある。人生を思い出づくりだと思うことだ。思い出は、何を成し遂げたかよりも、どれほど狂おしい感情を持ったかが大事だ。だから、毎日泣いて過ごしてもかまわないし、何もできない自分に絶望してもかまわない。むしろ、自分の感情に振り回されて泣いて何もできないくらいの方がいい。順調な日々よりも、その方が思い出にふさわしい。

悔しいことも、許せないことも、好きなあの人も、嫌いなあの人も、死ぬ前には全部思い出でしかない。あんなことがあった、こんなことがあった、そんなものも全部人生の最後に思い出すひと欠片にしかならない。そう思えば、少し冷静になれる。涙も引っ込んで、消えてしまいたいほど恥ずかしいこともかわいいものだと思える。

わたしの日々はなんの意味も持たずに過ぎていき、自分のせいで傷ついたりくるしんだりしてばかりなので、順調に思い出が増えていく。

この場合、思い出づくりというよりも、生きていけなくてもしかたがないと自分を納得させるためのポイント集めのようにもなるが、それでもいいだろう。よく分からないまま与えられる幸せより、納得できる不幸せの方が重要だ。

ポイント集めでも思い出づくりでもどちらでも、自分の人生に対して自分を納得させられるのであれば、わたしはそれで満足なのだ。

ポイントが貯まってしまって、どうせ生き延びられないとしても、思い出はたくさんあった方がいいのだから、間違ってなどいないだろう。今日も順調に自分を騙せている。

わたしは祝福されたかった

「やさしくされたい」とか、「愛されたい」とか、「受け入れられたい」とか、「肯定されたい」とか、「わたしが転んだときに恥ずかしいという顔をしないでほしい」とか、「言葉がうまく出なくて詰まるとき少しだけ待っていてほしい」とか、そういうことを全部ひっくるめてひとことで言うと、「祝福されたい」がいちばんしっくりくる。

わたしは祝福されたかった。

人とうまく関われない人間が何を言っているのかと思うが、ずっと、愛を人生の最後の砦だと思っていた。

友達も恋人も求めてはいないが、わたしの人生で一生暴れてくれる人が現れてほしかった。そして、いつか自然とそのような誰かに出会えるのだろうと信じて疑わなかった。ロマンチックのために一生を棒に振る覚悟があったので、特別で特別でしかたがない愛を求めていた。

穂村弘さんが『短歌という爆弾』（穂村弘・小学館文庫）で、よい短歌の条件として「愛の希求の絶対性」を挙げていたのを読んだとき、これは人生にも当てはまると思った。

人間関係を円滑に構築できない自分は、本当の愛を希求し続け、その結果としていずれ祝福を得るのだろう、と。それがあれば、わたしのくだらない人生は大逆転できる、と。なんにもない人生における、心の拠りどころとしていたのだった。

思い返してみると、「神様になってこの人を幸せにしたい」と思うことはあっても、

「この人のことを知って仲よくなりたい」と思ったことが人生で一度もない。

誰かと親しくなることにあまり興味が持てなかった。この人に自分の人生を懸けてみようと思えるのが愛ならば、わたしにはそのように思うことも、そのように思ってもらえることもなさそうなのだ。当然だろう。

自分の思う愛情と人の思う愛情は違っていて、勝手に傷ついたり意図せず傷つけたりしていることの方が多い。求めあうものが完ぺきに合致するなど奇跡のようなことだ。

それでも奇跡のような瞬間を求めるのならば、ひたすらに人と向きあい続けないといけない。それができずに祝福を待つのは、あまりにも怠惰だ。人と向きあうこともせず、本当の愛を知りたいとか思っているうちに、何十年も経つのだろう。守ったり守られたり、救ったり救われたりしない、壮大じゃない、人の営みの中に小さく芽吹く愛もあるというのに、大掛かりな理想に逃げて、そんなことも知らなかった。

誰かからの祝福を待たなくなったここ最近は、わたしの中に、人生について考えるときの信条ができつつある。

たとえどんな結末になろうとも、自分のために用意されたと思えるものを至高とすること。人をさみしい人生の止まり木にしないこと。恋や愛を人生の最後の砦にしないこと。変えることのできない人生を、選べたかもしれない人生と対等に扱うこと。むなしいことを考えてもくじけない根性を持つこと。人生を、どれだけやさしくいられるかの実験にすること。どんな選択をしたとしても、幸福やそれに準ずるものを探し、それらに囲まれて生きている証拠を必死に集めること。暗い人生の中で、ごく稀に点滅する光を頼りに生き延びること。

なりたい人間になれなかったのに、自分のくだらなさに向きあい続けるなんて地獄だと思う。

愛を最後の砦にできないのに、完ぺきな愛が脳内にちらつく。何が起こるかなんて分からないけど、平気じゃないのに生き延びてしまう。人生のさみしい部分にいるときも、やさしい人を止まり木にすることは悪だから、ひとりでいるべきだ。なんのための地獄だろう。それでも、自分が生きていることを自分で祝福してどうにか息をするしかないときがある。

大好きな漫画の『Papa told me』（榛野なな恵・集英社）の中に、「かなえられる望みの予感に満ちた　日々のなかに　この子をつつんでいてね」という言葉が出てくる。叶えられない望みを抱き、愛を希求し、もがくことを人生だと思っていたけど、叶えられる望みを人生の近くに置いてもいいし、望みの予感を頼りにしてもいいのだ。

2章 大人、夜、孤独。

眠れない夜の過ごし方

昔から、寝付きがものすごく悪かった。

どんなに疲れていても、布団に入って目を閉じてから、数時間は眠れない。間違えてしまったコミュニケーションのことや、過去の失敗、後悔している人生の選択、希望なんか何もないように思える先の人生、実家に対する責任、将来とお金の心配、明日の仕事の不安、溜め込んだ怒りと誰にするでもない言い訳、夜に考えてまともな答えが出るはずのないことばかりをひたすら考えていると、いつの間にか朝がくる。

夜は、自分が何も持っていないということ、いかに狭量かということ、なりたい人間になれるわけがないということ、概念的なことだけじゃなく現実的なことにおいても心配は尽きないということを、改めて突きつけてくるだけの時間だ。

小さい頃、夜に家族みんなが眠っていき、自分だけが眠れないことがよくあった。夜の暗さがこわくて、何度も何度も時計を見て、お母さんに助けを求めようとしても眠そうで、無理やり目をつむっても眠れない。これがいわゆる孤独というものだということも、この先一生ずっと味わい続ける感情であることも知らないわたしは、ただただ眠くなるのを待って耐えていた。

大人になってからも、この時間をどう耐えればいいか分からない。高速道路で海辺までドライブできたらいいのに、わたしは運転免許も持っていなければ、海までの行き方も分からない場所にいる。朝まで灯りがついているようなにぎやかな場所に行っても、より孤独を実感するだけだし、ひとりきり部屋で静かにお酒を飲んでも、より不安になるだけだ。

おそらく、わたしの悲しみは、わたしがそれから目を離そうとすることを許さない。現実逃避することを見逃さない。いつだってわたしを監視していて、わたしが悲しみから目を離そうとしようものなら、その瞬間にもっと孤独が押し寄せてくる。

しかたなく泣いていれば朝がくるけど、それも耐えられないときは、Bright EyesやWeezerを聴き、『ぼのぼの』を読み、アニメの『あたしンち』を観る。悲しみや生活を心の隅に置いたまま、穏やかになれるものが必要だ。焚火のように静かに心を照らしてくれるものがそばにあれば、もう大丈夫になる。わたしの悲しみが自分から離れすぎない位置で、目を離していることに気づかれないくらいで、そっと違うことを考える。

そうすると、わたしに寄り添うわたしが現れて、わたしたちはふたりきりになる。そして、布団乾燥機で温めておいた布団に潜り込み、ぬいぐるみを抱いて目を閉じて、右手の親指の爪を撫でる。わたしの右の親指は幼い頃から皮膚と爪がでこぼこしていて、歪《いびつ》な形をしている。昔はそれが恥ずかしかったが、その爪を暗がりの中で撫でていると、いよいよ自分とふたりきりになった気がしてくる。わたしに自分の形を思い出させるスイッチが、歪な右の親指なのだ。

わたしの夜の時間は、自分と孤独との距離をはかっていたら終わる。自分とふたりきりになっても悲しみに呑み込まれなければ、成功なのだ。

その頃には朝がきて、今度は現実に対峙するためのくるしみが襲ってくる。わたしは絶望しながら社会人のふりをするための準備をしていく。夜の孤独と朝の絶望を交互に繰り返して、毎日が過ぎていく。

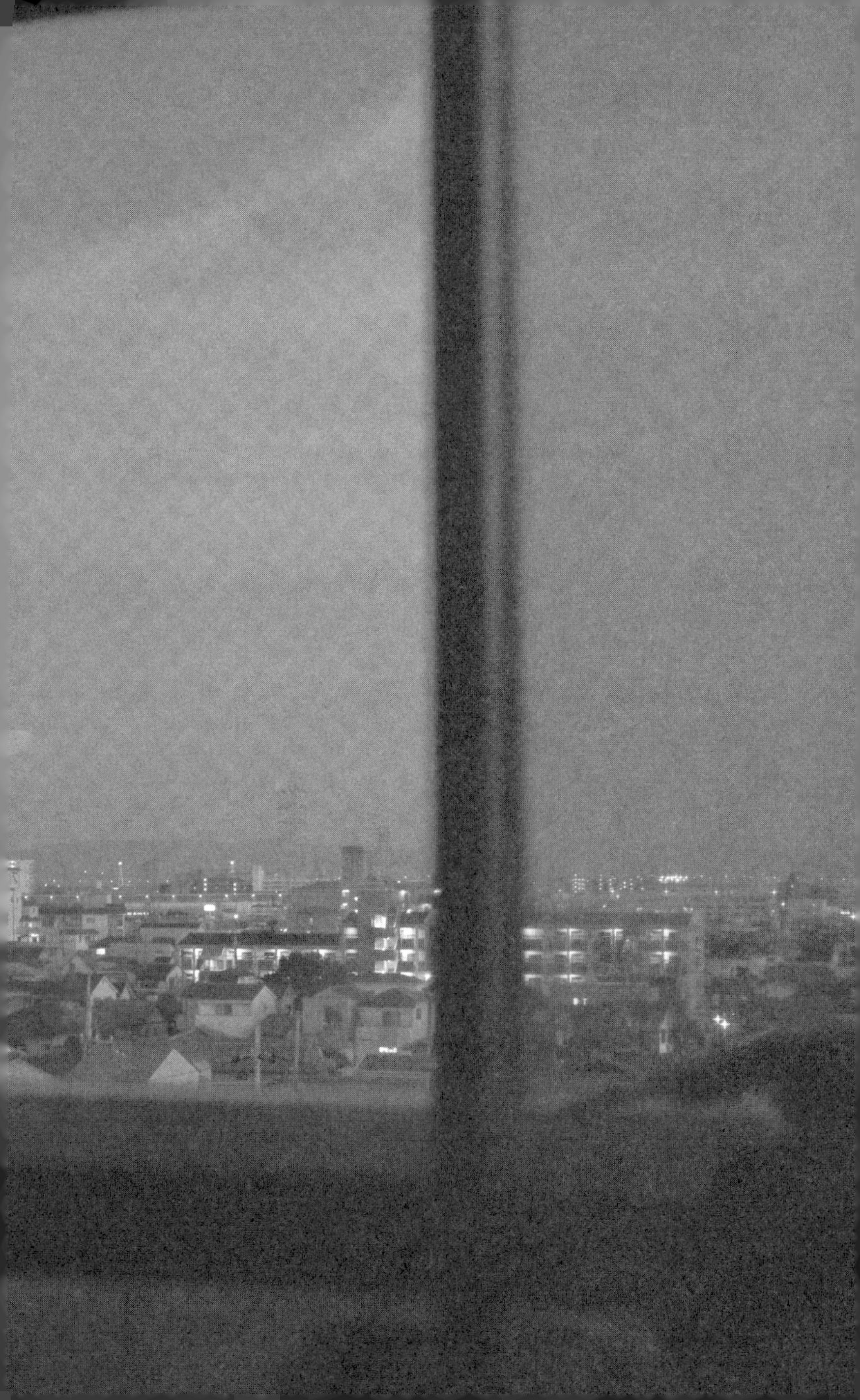

息を止めて四十秒待つ

人は誰しも、夜眠れなかったり、電車で涙が出たり、人生の終わりを期待したりしているのだと思っていたが、どうやらそうではないらしい。

それを知ったのはわりと最近だった。そう感じるように生まれてしまったことが負けなのだろうか。すぐに軌道修正できるような生き方をしてこなかったことが負けなのだろうか。どこからやり直せばいいか見当がつかない。泣きながら生きるやり方しか分からない。

泣きそうなとき、鼻の下あたりから唇が急に熱くなる。熱を持ち始める気配を感じると、なぜだかもっと泣きそうになる。実際に泣いていなくても、泣きそうな気持ちになるだけでその熱を感じるのは、どういうメカニズムなのだろう。そんなときは、唇に指を当てて少し冷ますと、泣きたい気持ちも少し冷めてくる。

それでもだめなときは、息を止めて四十秒ほど待ち、くるしいことをひたすら考える。自分の選択のせいで起こりうる最悪の状況を、四十秒のあいだでできるだけたくさん考える。想像したくもない嫌なことを妄想の中で味わい、息もくるしくなってくる。もう限界だと思った頃に、パッと力を抜くと、現実が少し楽になる。泣きそうなときは呼吸が浅くなりがちなので、あえて息を止めてくるしんでしまえば、大きく息を吸えるという算段だ。地上で自ら一度溺れてみることで、平常心を保てるようになる。

恥ずかしいことだが、わたしはひとりでいるとき、よく泣いている。

感情の揺れがすべて涙に直結してしまうのだ。直面しているつらいことや不安に対して涙が出ることもあれば、孤独やさみしさを感じて涙が出ることもあるし、本当に言いたかったけど言えなかったことを心の中で言ってみたり、大切なものについて考えたりしたときにも涙が出る。

この先起こる気がする悲しい出来事をじっくりと想像して涙が出ることもある。時間の無駄だと思うけど、想像もしていなかった悲しいことが起こったときに耐えられる気がしないから、そのときの衝撃をちょっとずつ和らげておいて、いまのうちから涙を流しておく。外で泣いてしまわないように、心の中にクッションを敷き詰めていく。そうすれば、安心して外に出られる。


「この先起こる気がする悲しい出来事」といっても、わたしの中で、永遠は二週間先までしかない。

それより先を想像することができない。もっと言うと、今日一日生き延びられるかも怪しいと毎日思っている。一日がまた始まったことに絶望しながら起きて、何も見ないようにしながら働き、家で吐き出すように泣いておき、朝が来なければいいと願いながら眠る。「もうそろそろ無理かもしれない」と「まだ耐えられる」を高速で行ったり来たりしながら生活し、いつの間にか生き延びていたことに驚き、それを繰り返すだけの日々を過ごしている。

わたしが永遠を二週間先に設定しているあいだに、いろいろな人たちがわたしにとっては瞬きするくらいの時間で人生を進めていく。

気がつけばわたしは誰にとっても他人になっていて、思い出してくれと無理やり入り込む隙間はどこにもなく、「あそこ行きたいね」とか「あれ食べに行こうね」とかの約束だけが成仏できずにいる。浮遊する約束は、二週間先までの永遠の中で行き場を失っている。

以前、トラブルにより、七月末からの一か月をエアコンなしの部屋で過ごしたことがあった。引っ越し先のアパートのエアコンが壊れており、さらに室内の清掃が終わっておらず、エアコンの修理と室内クリーニングが終わるまでの一か月間、荷ほどきができない暑い部屋の中で、身体に水をかけて扇風機の前に立ち、ポカリスエットを飲み、塩飴を舐め、暑さに耐えていた。
毎日、明日の朝には死んでいてもかまわないと思いながら眠りについていたが、結局、一か月後も無事に生き延びてしまっていた。

わたしの中の永遠の期限が本当に守られそうだったが、大丈夫だったので、少しだけ諦めがついた。
もしかすると、永遠は二週間先なんかではないのかもしれない。このまま九十歳あたりまで健康に生きていくのかもしれない。それまでに何か成し遂げないといけないのかもしれない。泣きそうになっても、生き延びてしまう自分の人生を丁寧にあたためていくしかないのかもしれない。

誰にも何にも執着せず、特別になろうとせず、居場所をつくろうと躍起にならず、他人に救いを求めず、他人からの勝手な評価に振り回されず、人の考えは変わっていくということを受け入れ、なりたかったものになれなかったことについて悩まなければば、きっと生きていけるのだろう。

それでも考えたくないことを考えてしまうなら、息を止めて四十秒待てばいい。四十秒後には、空気を求めて大きく息を吸える。そうすれば、二週間先の未来を考えて、また二週間経てば更新して、ひたすら生きていけばいい。こんなにも簡単なことを繰り返すだけで、とりあえず生きていける。

大人の証明

二十九歳の誕生日、自分の髪の中にはじめて白髪を見つけた。

職場のエレベーターにある鏡を見たとき、自分の頭に何かが付いているのが見えて、キラキラするそれを摘まみ上げると白髪だった。白髪自体にショックを受けたわけではないが、突然、目の前に見ないふりをしていた現実がなだれ込んできて、しばらく呆然としてしまった。

わたしが毎日息も絶え絶えに繋いでいるこの生活がどこに続いているのか、ただただ時間が過ぎているだけなのではないかと不安になったのだった。

幼い頃、母がセール品じゃない服やケーキ、デパートのお惣菜などを買ってくると、

「うちにはそんなお金などないはずだから、きっと盗んできたに違いない」と思って不安になっていた。警察が来たときにどうしようかと考えて、暗澹《あんたん》たる気持ちになりながら眠っていた。

大人になると、裕福じゃなくても、たまにならケーキを買っても誰にも咎められないし、子ども服はそんなに高くないし、デパートのお惣菜も贅沢として買いたくなる日があると分かるが、幼いわたしにとって、この贅沢は日常が大きく変わるかもしれないほどの罪に思えていた。

幼い頃から高校生くらいまで、雑誌やカタログを見ながら、ほしいものをひとつ残らず数えていき、手に入れたつもりになって満足する遊びを毎日のようにしていた。妄想の中でわたしは、かわいい服もきれいなアクセサリーもすべて手に入れていた。小学生の頃、姉に憧れて買ったファッション雑誌は、その遊びをしすぎて毎号表紙が外れてしまっていた。ボロボロになっても、ほしいものを手に入れる妄想ができる雑誌は、キラキラと輝いていた。

大人になって自分でお金を稼ぐということは、経済的な不安から解放されることだと信じていた。

東京で大人になれば、ミナ ペルホネンのワンピースを着て、家に大きなソファとイソップのハンドウォッシュがあって、なんでもない日に洋食屋さんの二千円以上するビーフシチューを食べられるような気がしていた。

そして、お金のことを考えて夜に不安になったりせず、大事にしたい人のために時間もお金も惜しまず、ほしいものを素直にほしいと思えて、自分はそれを受け取るに値する人間だと信じられるはずだった。そういう存在が大人なのだとぼんやりと信じていた。もちろん、そんな大人にはなれていない。

わたしの中のわたしは十九歳で止まっている。

十九歳のときに何かあったわけではない。十九歳という年齢は方位磁石の針が狂って動き回るような感情の揺れそのものを表している年齢で、わたしはその「十九歳」としか言えない瞬間からまったく成長していないのだ。

よく「歳をとれば楽になる」と聞くが、まったく実感できない。楽にならないばかりか、むしろ、大人になるほどに惨めになっていく。諦めなければならないことは増えるのに、正しい手順で諦められず、他人を羨んでばかりいる。

そして、劣等感が膨れ上がり、恥ずかしいことが増え、もう会わなくなった人が増え、誰の目もまっすぐ見られなくなって、でもそれを素直に受け入れられない。

誰も気にしていないかもしれないが、理想とは違う言動をしてしまった自分に対しての後悔を重ねることだけが生活のすべてで、その後悔は時間が経っても決して薄れず、誰も覚えていないようなずっと昔のこともいつだって新鮮にくるしくて、大人になってもそれは楽にならなかった。

「楽になる」というのは、「真にやさしい人間になれる」ということなのではないだろうか。

自分の人生を正しく諦めることと、人にやさしくなれることは、根底では同じことではないだろうか。やさしくなれた人から順に、人生を正しい軽さで生きられるようになるのではないだろうか。わたしはいくつになってもやさしい人間になれず、頑固なまま、自分の理想に固執している。

そして、そんな人間だから、人から与えてもらえるやさしさにも不寛容だ。与えられるものがこわい。やさしい人からのやさしさを素直に受け取ることができないまま大人になると、本当にひとりになってしまう。

何者かになれるか、人に何かを与えられるか、人に与えられたものを素直に享受できるか、人から何を奪われても黙っていられるか、それらのどれでもない限り、誰かの近くにいられることなどないのかもしれない。ただそれだけのことが、大人になっても受け入れられない。

息も絶え絶えに繋いでいるこの生活は、どこにも続いていない。

でも、わたしはもう大人だから、悲観的になっても呼吸の仕方を知っている。ちょっとだけ生きていけそうになった瞬間と、ちょっとだけつらくなかった時間に大きく息を吸って、あとのくるしい時間を耐えることができる。大人は朝が来るまでに泣き止まなければならない。

人生のもっとも美しい時間

十九歳から二十歳のあいだ、地元にあるたけのこ工場でバイトをしていた。

機械化が追い付いていない小さな工場だった。働いている人は地元のおじいさんおばあさんが多く、わたしの次に若い人は五十代だった。

朝、工場に着いたら作業着に着替え、ラジオ体操をし、今日の作業内容が伝えられる。たけのこの外皮にザクッと包丁を入れ続ける日もあれば、その外皮を剝ぎ続ける日も、残った甘皮を削り続ける日も、カットされたたけのこを缶に詰め続ける日も、缶が入る箱を組み立て続ける日もあった。

隣にある梅酢づくりの工場で、梅酢の重さを計ったり、計量カップで重さを微調整したり、紫蘇の葉を洗浄したり、紫蘇の葉に付いているカナブンを取り除いたりする日もあった。

工場で働く人たちはわたしをやんわりとかわいがってくれたが、みんなが使うロッカーも休憩室の席もなんとなく決まっており、わたしは邪魔だと思われない端の方で着替え、お昼ご飯を食べ、休憩した。それを一日に九時間、週に五、六日繰り返すだけの日々だった。

疲れて家に帰ったら、作業着を洗い、ひとりで静かに短歌をつくった。後悔していることや、同じ年頃の人と比べて人生に出遅れているような感覚、すべてがうまくいったらという捨てきれない未来への期待、わたしの中で出口を求めてぐるぐる渦巻いていた想いを三十一音に入れることが救いだった。夜のあいだにくすぶる思いを吐き出して、朝が来ればまた工場へと向かった。

そのあと、工場のバイト代を資金に、東京での生活をスタートさせた。
上京してから十年近くが経ち、ありがたいことに自分に向いていそうな仕事を見つけた。社会にしがみつくしかないから一生懸命働くので重宝され、それっぽく振る舞うこともできるようになったが、たけのこ工場でバイトして家で静かに短歌をつくっていたときの方がやさしい人間でいられたと毎日思う。

これから先の自分に期待したい気持ちと、でもそんなこと願っていたらあとでくるしむのはお前なんだぞ、と自分を諦めさせたくなる気持ちが半々のまま、ひたすら同じ作業を繰り返し、十七時にタイムカードを切って帰り、西日のあたる部屋でお茶を飲み、短歌をつくっていたあの時間に戻りたいわけではないが、あのときが自分の人生でもっとも美しいときだった。愛想笑いもできない、嘘もつけない、暗くて無口で勤勉な、きれいな人間だった。

社会人を諦めるほど不器用ではなくて、でも、社会生活を難なく送れるほど大丈夫ではない。本当は思ってないことを言いたくないし、思ってないことで笑いたくなどない。あの頃よりも悩みと葛藤はさらに増えたのに、あの頃のようにはもがけない。静かに、でもたしかに、全身に細かい傷ができていく。

出口を求めて渦巻く感情だけを残したまま、大人になったわたしは短歌もつくっていない。

さみしい磁場

先日、アパートのゴミ捨て場に、大きなネズミが横たわって死んでいた。思わず見なかったふりをしてしまったが、それからずっとネズミの横たわる姿が頭から離れない。吉川宏志さんの「考えれば十センチ以上の生きものを殺していない我のてのひら」という短歌を思い出す。

室内に出た小さな虫は殺せるのに、魚も肉も食べられるのに、肉体を感じるサイズの生きものを自分の手で殺したことはなく、その死を目の当たりにするのもこわい。自分の中の矛盾を突きつけられる。

はじめて生きものの死を知ったのは、小学二年生の頃、自宅で飼っていた亀が死んだときだった。

近所の人が道端で迷っていたところを助け、わたしの家に連れてきて、そのまま面倒をみるようになった亀だった。小エビが好物で、口元に持っていくとゆっくりと口を開き、きちんと噛んで食べていた。冬場は冷えるので、亀用のヒーターを付けると少しうれしそうに見えた。家の駐車場で水槽を掃除していると、近所の人が見に来た。

わたしは果たして亀に十分な幸せを与えられていたのだろうか。まったく自信がなく、もっとしてあげられたことを考えると後悔が尽きないが、ある朝母から亀が死んだと告げられたとき、亀との思い出を美化しようとしている自分に気づいた。


祖父が亡くなったときもそうだった。

わたしが十九歳のとき、祖父が肺癌で亡くなった。自宅で最期を迎えたいという祖父の希望により、お医者さんや訪問介護士さんの力を借りながら、自宅の和室で最期の時間を過ごしていた。

最期の一週間はそばにいるのがつらくなるほどくるしんでいた。心臓が止まった瞬間や死んだあとよりも、「死にたいのに死ねない」とくるしんでいた時間がいちばん死に近かったように感じた。

死ぬということは、本当に心臓が止まって息がなくなってからなのに、それとは別の場所にも死を感じる重い瞬間がたしかにあった。人が死に向かっていく瞬間は、悲しくはあるが、不思議とこわくはなかった。

本当は戸惑っていただけなのかもしれないし、祖父の死を祖父も含めて全員が受け入れていて、長い時間をかけて終わりに近づくのを一緒に見ていたからなのかもしれないが、やさしく穏やかな時間が流れているようにさえ感じた。もちろん生活面や金銭面の大変さもあり、介護はきれいごとではないので、もっともそばにいた祖母や両親の大変さを考えると簡単には言えないのだが、みんながこの時間を貴重なものだと理解していて向きあっているという事実は、なぜかわたしを幸福な気分にさせた。

祖父はわがままで頑固で意地っ張りで短気で、どうしようもない人だった。わたしは祖父がずっと苦手だった。田舎の嫌なところを詰め込んだような人だと思っていた。

そんな人が、最期の数日はもう水も飲めず、カラカラに渇いた喉を潤したかったのだろう、ずっと「氷が入った冷たい水をコップ一杯飲みたい」と言っていた。飲ませてやりたいのに、誰も飲ませてあげられなかった。いままでたいていのわがままは父や祖母に叶えてもらっていたように見えていたから、こんな小さなわがままを誰も叶えてやれないのが信じられなかった。

お医者さんに「もう今日明日まででしょう」と言われてから心臓が止まるまでの一週間ちょっと、県外に住んでいた叔父も来て、家族みんなで祖父の家に泊まり、交代しながら祖父のお世話をして過ごした。

小さく小さく割った氷をひとつ、喉に詰まらないように気をつけながら祖父の口に含ませ、それでもひどく絡まる痰を機械で取り、「殺してくれ」と叫ぶときには宥め、睡眠薬を飲んでも夜中にくるしくて暴れるときには手を握った。意識が朦朧として自分がいまどこにいるのか周りにいる人が誰なのか分からなくなる瞬間が訪れたら、みんなで自己紹介をした。ふっと呼吸が止まったあとに溺れているような息をして「また戻ってきてしまった」と嘆くときには励まし、少し落ち着いた時間に家族みんなで小さなテーブルを囲んで、大鍋につくったカレーや親子丼を食べた。いつもテレビが点いている家だったのに、このときは誰もテレビを点けず、祖父の酸素吸入器の音が響いていた。

何度思い出しても、さみしくて薄暗くてやさしくて不思議な時間だった。家族が泣く姿も、家族の前で泣く自分の姿も、すべてが祖父に向けられたもので、そこには特別な磁場があった。

お世話になった看護師さんが祖父の最後の身支度をしてくれて、せっかくだからとわたしと妹に髭剃りや手足の洗浄を手伝わせてくれた。祖父が死んだことがなかなか現実に思えなくて、無駄にお喋りしたり動いたり笑ったりしてしまって、自分でもおかしいように思うのにコントロールできず戸惑っていた。当時の日記に、看護師さんが「いまは興奮状態にあるだけで、無理に動いちゃったりするけど、そのことに落ち込む必要はないです。無理だけはしないように。葬儀が終わってから急にさみしくなったりするけれど、そのときは誰かに相談すること。そしておばあちゃんのことを気にかけてあげてくださいね」と言ってくれたと書いてある。わたしたちはずっとバタバタと動き回り、大きな声で笑いあった。

お葬式の日の朝、祖父が棺に入るのを見て、急に体がズンと重くなったことを覚えている。それまでは夢の中にいるような、ふわふわと体が浮いていて霞がかかっているような、とにかく現実から遠い場所にいるような感覚だった。それが棺に入る祖父を見た瞬間、自分の体のことを思い出して、祖父が死んじゃったことに対する喪失感や、わたしはわたしでなるべく長く生きていかなきゃいけないという責任感に襲われて、くるしくてたまらなかった。

死は現実的で、しっかり生きていかなきゃだめだと説かれているようだった。

わたしは祖父のことがずっと苦手で、こわかった。言われて嫌だったこともそれはそれはもうたくさんあって、上京してからもひとつひとつ思い出しては憎く思っていたのに、お葬式のあいだに何度も思い出してみようとしたけれど、なんにも思い出せなかった。

幼稚園児の頃に自転車をふたり乗りしたことや、一度だけ姉とわたしを遠くの公園に連れていってくれたこと、そんなことばかりを思い出していた。憎んでいたことを忘れたくなかったし、祖父の病気を知ってからずっとどのような態度をとるべきか考えていたけれど、やさしいふりをする普通の孫にしかなれなかったのだった。

火葬場は山の奥にあり、とても静かで時間がゆっくりゆっくりと進んでいるような場所だった。イメージの中の天国の門のようだった。中庭で亀が泳いでいた。棺にいる祖父を見て現実に戻ってきたのに、また夢みたいな世界に連れていかれそうだった。人が一時間で焼けるのは不思議だった。

祖父のお葬式でもらったメロンを一玉持って東京に戻った。熟れるのを待っていたらいつの間にか熟れすぎていて、慌てて切って食べたけどグズグズで甘ったるかった。わたしはあんまりメロンが好きじゃないが、ひとりの部屋でなんとか全部食べた。

祖父の宝物は山と船だった。祖父は分家の末っ子で、本家の山の一部を借りて農業をしていたのだが、孫たちには「じいちゃんの山」と言っていた。

幼い頃は、お正月にその山でお餅を焼いて食べたり、みかんの収穫の手伝いをしたりした。癌が見つかった年の春、祖父は「桜を見に行こう」と言い、わたしと妹を山へ連れて行った。それが山に行った最後だった。もう本当におじいちゃんの山じゃなくなったのだった。

ありったけの愛

十七歳の春、高校の同級生の家で生まれた子犬を引き取って育てることになった。

自宅に連れて帰るまでの一時間ちょっと、車の後部座席で、子犬はわたしの膝の上に丸まりずっと震えていた。

両手ですっぽりと包みこめるほどの小さな命が震えている様子は、あまりにも弱々しかった。この子犬はわけも分からないまま人間に振り回されて、知らない人に連れられて知らない場所へ移動させられて、わたしの膝の上で震える以外にどうしようもない。いつも助けを求めていた人間もいない。子犬の不安を思うと胸が張り裂けそうだった。

帰宅途中、わたしの膝の上でお漏らしをした子犬は、すぐ消えてしまいそうなほどの軽い体で、ちゃんと生きていた。わたしはそのとき、自分の持てる愛のすべてをこの子犬に与えたいとでもいうような、そんな決意に溢れていた。とにかくいとおしくてたまらない生きものができたと思った。

犬はわたしよりずっと小さく、軽い。

歩くとトットッと音がする。爪が少し伸びるとカチッカチッになる。冬場は肉球が冷たくなるが、眠るとあたたかくなる。おなかに顔をうずめると、パンの匂いがする。両手で頬を包んで撫でると気持ちよさそうに目をつむる。半生タイプのドッグフードが好きで、缶詰タイプのドロッとしたものは嫌い。あまりご飯を食べたがらないときも、さつまいもを蒸すと食べてくれる。なぜか大根葉も好きで、むしゃむしゃ食べる。

マイペースで、盲腸で手術したばかりのわたしのおなかを普通に踏んで歩いたりしていたが、悲しいときにぎゅっと抱きしめたら抱きしめられたままでいてくれる。

昔、犬がぐったりして病院に連れて行ったとき、先生が「犬は人間より強くなると、家族みんなを守ろうと気を張って、ゆっくり眠れなくなってしまう」と言っていた。こんな小さな体で、もしかしたらわたしたちを守ろうとしてくれていたのだろうか。わたしが何からでも守ってあげようと思っていたのに、また人間の都合でこの小さな命に気を張らせてしまったのかもしれなかった。

そのあと、犬は大きな病気や怪我もせず、すくすくと育ち、おばあちゃんになった。散歩を嫌がり、夜中に家の中をうろうろし、急に吠えることも増えたらしい。わたしが実家を離れ、年に数日しか一緒に生活できないうちに、犬の命はどんどん先に進んでいく。

誰かに好かれていると信じられることなどないし、いつも誰かに嫌われたり見限られたりすることを恐れながら過ごしているけど、実家の犬がくれる愛とやさしさだけは信じられる。

いつまでもいつまでも、こわい思いなどせず、あたたかい毛布にくるまれて、好きなものを食べてたくさん生きていてほしい。次に会うときも、わたしのことを覚えていてほしいけど、もしもいつかわたしが誰か分からなくなっても、わたしがあなたに抱いているありったけの愛は伝わっていてほしい。愛に包まれて生きていることを信じきっていてほしい。

3章 また今日も間違えた

宇宙船、または潜水艦

二十七歳の冬、生死をさまよった。

病院に運ばれたあともしばらく意識が戻らず、病院から連絡を受けた両親が地元から来ていた。コロナ禍だったため、かなり重い症状の人のみ十五分間の面会が許されていたらしく、母はわたしを見て泣き崩れたと聞いた。なんとなく両親を見た記憶もあるし、すべて夢だった気もする。

脳からの出血があり、そのあともしばらく記憶が曖昧だった。ただただ、なんとか積み上げてきた自分の人生が崩れた実感だけがぼんやりとあった。高熱と嘔吐とめまいにくるしみながら、これからの人生がどうなるのだろうと、他人事のように脳の霞んでいる部分で考えていた。

ＩＣＵから一般病棟に移り、体を動かすことはできないものの、携帯を触ることはできるようになったとき、父から連絡がきた。そのとき、父がわたしのことを小さな頃のあだ名で呼んでいて、なんとも悲しくなったことははっきりと覚えている。

救急病院から退院したあと、実家近くのリハビリ専門の病院に入院した。東京から四国まで、父が運転する車で帰った。サービスエリアで、母が車いすを押しながらわたしの耳元に顔を近づけ、小さな頃のあだ名で話しかけてくれた。わたしが赤ん坊の頃も、母はこうやってベビーカーに乗るわたしに話しかけていたのかもしれないと思うと、そのやさしさを受け取ることがためらわれた。

社会に戻るリハビリのための入院は、不安でたまらなかった。

社会から取り残されて、後遺症を抱えたまま、社会に戻ることを考え続けなければならない。ただ生きるだけではだめで、自分の人生を再生させなければならない。ふと人生の終わりを考えてみても、ふと死んでみることはできないのだ。

わたしは思っていたより頑丈だった。大きな事故や怪我や病気にも強くて、これから先も生き延びるのかもしれないと諦めなければならないのだろう。いつ何が起こるかなんて分からないけど、「きっと生き延びてしまう」と実感すること自体が耐え難い絶望なのだった。

病院では、何をしても絶対に誰かに守られていた。入院しているのだから当然なのだが、誰かに頼ることが前提としてある不思議な場所だった。誰かにここまで気にかけてもらうことは、大人になってからなかった。自分ひとりで何もできない現状を思い知ると同時に、守られることの安心感があった。特別な時間の流れがあり、その独特なリズムが、何か宇宙船や潜水艦の中にでもいるかのような気分にさせた。

子どもの頃、学校の先生にはさみしくてなれないと思っていた。短い時間で他人の人生に大きく触れるなんて、耐えられないだろう、と。病院も似たところがある。明るい別れも暗い別れもあるけど、病院で働く人たちは、ここを離れたらもう会うことのない人たちの人生に絶え間なく触れている。

わたしもいつか、病院にいたことを遠い昔の思い出のひとつとしか思わなくなるだろう。誰の名前も忘れてしまって、毎日何時間もリハビリしていたことも思い出の中を探って探ってやっと思い出すくらい淡いものになるのだろう。

わたしは人と出会ったり別れたりするのが苦手だから、退院するときにはひどくさみしい気持ちになっていた。通過点というものが苦手なのだ。先生も看護師さんも、介護士さんも、リハビリの先生も、みんなが宇宙船や潜水艦の中でやさしくいてくれた。それをいつか忘れてしまうであろうことが、忘れて生活できるくらいにならなければいけないことが、ひどくさみしかった。

退院してからは、東京でまた社会に見捨てられないようにしがみつく日々だった。

もうあとひとつでも間違えてしまうとどこにも戻れない気がする。たとえば電車を乗り間違えてしまっただけで、もうなんにもやり直せない気がして、自分に追い詰められている。

一歩ずつ海岸から沖へと向かっている気持ちに近い。あと何歩目で足が底へつかなくなるのだろうか、あと何歩目で溺れてしまうのだろうかとふと考える。その気持ちはいまも変わらないが、時間が経ち、どうにか生き延びている。ほら、やっぱり生き延びるんじゃないかとまた諦めがつく。徐々に宇宙船も潜水艦も思い出すことが少なくなって、自分がようやく社会に戻ってきたのだと実感する。

最初は記憶が戻るか分からなかったらしいが、記憶障害はそこまで重くなく、一部の脳機能障害も時間の経過とリハビリでよくなった。

たまに、もし記憶が戻らなかったとしたらわたしはどんな風に過ごしていたのだろうかと想像する。

一般病棟に移ってからの面会は禁止されていたので、自分ひとりで自分の記憶をたどっていったのだろうか。スマホを開いて、知らない人と知らない自分がやりとりしていたＬＩＮＥやメールを眺めていたのだろうか。それを見て、自分は誰のことが好きで、何をするのが嫌いで、どんな風に生きたがっていたのかを想像したのだろうか。退院してなんの懐かしさもない家に帰ったら、まず何を触るのだろうか。何も知らないわたしは、本棚やクローゼットの中身を気に入るのだろうか。いま好きだと感じている人たちのことをまた好きになるのだろうか。二十七歳以前のわたしの生活に戻りたいと思ってくれるのだろうか。

自分の人生を知らない自分を想像すると、知らない町で迷子になっているような気分になる。そして、迷子にならずに戻ってきた自分に少し安心する。

すべてハッピーエンドの伏線？

中学生の頃、吹奏楽部に入っていた。パートはトランペットだった。田舎の小さな学校だったが、毎年、夏休みに開催される吹奏楽コンクールに出場しており、それを目標にして練習をしていた。

わたしが三年生になったとき、コンクールの演奏曲にトランペットのソロパートがあった。とても小さな学校で人数も少なかったので、三年生のわたしが担当することになったのだが、コンクール数週間前のある日から、突如としてまったく楽器が吹けなくなった。

いま思えばイップスのようなものだったと思うが、当時はそんな知識などなく、最初は調子が悪いのかもしれないと呑気に考えていた。しかし、基礎練習を繰り返してもどうにもならず、楽器を修理に出しても何も変わらず、再び吹けるようにはならなかった。そうこうしているうちにコンクール本番が近づいてきて、暗澹たる気持ちになっていた。

部員も少なかったため、メンバーを変更することもなく、そのままコンクール当日を迎えた。前日は眠れず、願いが叶うというおまじないをし、ミサンガをつくって楽譜に結んだ。当日何かの奇跡が起きてまた吹けるようになればいい、と信じるしかなかった。

本番、わたしはライトのあたる大きなステージの上で、ソロを楽しみにする家族や卒業した憧れの先輩、好きな同級生のいる真っ暗な客席に向かって、ただただ何もできずにいた。

楽譜に結んだミサンガに目をやり、教本の内容を思い出しながら、マウスピースを唇に当て、息を吹き込んでも、音はひとつも出なかった。永遠のように感じた。終わってから、誰の顔も見られなかった。

これが、自分に関するいちばん濃い記憶だ。十年以上が経ったいまも、まだあの時間が続いている気がする。あれは、「わたしがわたしになった」出来事のひとつだった。ひとことでまとめてしまえば、「頑張ったけどうまくいかなかった」という、よくあるそれだけのことだ。なのに、そんな単純なことに拗《す》ねて、そのまま大人になってしまった。

あの日からずっと、望んでいた自分から自分自身が遠く離れていくのを黙って見ている気がしている。

人は「なれた自分」より「なれなかった自分」で形づくられていくと思う。「成し遂げたこと」より、「諦めたこと」の方を忘れられないように。だとしたら、わたしの本質はやはり、あの日のステージの上でつくられたのだろう。

　このことを考えるときに思い出すのが、『瞳子』（吉野朔実・小学館文庫）という漫画の、あるエピソードだ。幼い頃に飼い犬に噛まれて怪我をした主人公の瞳子が、その数日後に家族から「誰かにもらわれていった」と聞かされて、犬がいなくなったことを知る。しかし、「本当はそうではないのかもしれない」という思いが瞳子の頭の片隅にあり、行き先を家族の誰にも聞けず、噛まれた傷が残っているうちは犬がどこかで生きている気がして、傷跡がずっと消えないことを祈っていたというエピソードだ。その話を聞いた瞳子の友人は、「今すぐ新しい犬を飼え」と言う。

　話の本筋からはズレた考えなのだが、たまにそのエピソードを思い出しては、自分の人生に対して過剰な意味を持たせるようになってしまった出来事には、そうやって直接ぶつかるしかないのかもしれないと考える。あの出来事で自分が自分になってしまった、と感じるのは、不健康なのだろう。

　きっと、わたしも、もう一度トランペットを吹いてみればいいのだ。そうすれば、嫌な記憶は塗り替えられるのかもしれない。

そう思ってみても、マウスピースを唇に当てたときのキンとした冷たさを想像するだけで、あのときのステージに気持ちが戻ってしまう。わたしはもう、あのときのわたしから逃れる方法が分からない。

以前、すべてハッピーエンドの伏線だと思って生活していた時期があった。

あの年の夏休みも、前日にミサンガを楽譜に結んだことも、ステージの上で何もできなかったことも、その他のうまくいかなかったことも、すべて意味があったと無理に信じようとしていた。

きっと、このあとに大きなハッピーエンドが待っていて、そこに絶対にたどり着くしかなくて、うまくいかないことはただの伏線でしかない。不幸ではない。不幸ではないが、自分のせいで起こった悲しい出来事に耐えた自分を、いつか手放しで褒めてやれる。それで全部チャラになる。そう考えていた。

いまはそこまで必死に人生を肯定できなくなってしまった。強い希望を持って毎日を生きるには体力がいる。かといって、なんにも希望を抱かない方に舵を切ることもできない。

ただ、ハッピーエンドが用意されていなくても祈り続けていいし、たまに光を感じて生き延びていいのだと信じている。そのくらいの温度でいるのがちょうどいい。いつか、なんだかんだ言っても大丈夫だったな、と思えるようになれば、それがハッピーエンドだ。すべての伏線は回収されないままでもいい。

操縦できない

ほしいものを正直に言うことが苦手だ。

ご飯屋さんで注文するとき、直前まで食べたいものを決めていても、それとは違うものを注文してしまうことがある。職場でやりたい仕事を挙手制で言うとき、本当にやりたかったこととは違うことを言ってしまうこともある。自分でも不思議だが、その瞬間だけ自分を乗っ取る別の自分が存在する。

この「操縦できなさ」に気づいた瞬間をはっきりと覚えている。

小学生の頃、同級生とお互いの持っているかわいいシールを交換しあう遊びをしていた際に、ほしいシールがあったはずなのになんだかうまく言えなくて、シールを剝がしたあとの普通は捨てる枠のような部分をほしいと言ってしまったことがあった。シールはお互いに同程度の価値のものを交換するルールがあり、枠よりもいいシールをもらう権利はあったのだが、なぜかその瞬間に別の自分が自分を乗っ取ってしまったのだった。自分の感情とは違う言葉が、間違いなく自分の口から出たことにひどくショックを受けたことを覚えている。

喋っているときの言葉は、自分が本当に思っていることではない気がする。

そもそもわたしはお喋りが苦手なのだが、それはいつも会話を一度セリフにしないと話せないからだ。頭の中にあるセリフを読みあげるだけなら、簡単だ。セリフを読むだけの機械になってしまえば、傷つくことも怯えることもない。もしも発言を間違えたとしても、勢いで言ったことではないのであれば、セリフをつくった自分が反省すればいい。

なので、話す前には四十秒くらい会話文をつくる時間がほしいのだけど、そんなことを言っていたら社会で生活できないため、どうにか切り抜けようと頑張るもうひとりの自分が現れて思ってもいないことを言い始める。その結果、言いたいことは何も言えず、言わなきゃよかったことばかりを言ってしまう。

人と話すと、そのあと何年経っても新鮮な気持ちで自分の発言を反省できる。つまり、わたしは人に嫌われることがこわい。

シール交換のときも、その同級生がこわかったわけではないはずだが、「誰かに嫌われること」に恐怖した自分は容易に想像できる。ご飯を注文するときも、職場で発言するときも、本当の自分を出すことを一瞬ためらい、そのあいだに傷つかないためのクッションとして別の自分が現れるのだろう。

いつも、自分は全員に嫌われている、もしくはいずれ全員に嫌われると思って生きているので、その可能性を少しでも下げるためにできることが「意地悪な自分を隠して損をするほどやさしい人のふりをする」以外にないのだ。

というより、「意地悪な自分を隠して損をするほど人にやさしくする」以外に、社会に馴染む方法が分からないと言う方が正しいかもしれない。損をしてばかりだと思ってもらえたら、それが免罪符になる気がしているだけの、卑怯者がわたしだ。本当の自分も、価値も、もはやどうでもいい。嫌われずにいられるなら、それが正解だ。

ふと、わたしはトム・ヨークにも、エミネムにも、ノエル・ギャラガーにも嫌われるだろうな、とバカげたことを考えるときがある。そもそも嫌われるも何もないのだが、わたしの頭の中に存在する彼らは、他人からどう見えるかだけが行動基準の人間を嫌うだろう。わたしもわたしが嫌いだ。

そして、本当はやさしい人間になれなかったのに、人前でやさしいふりをしているから、嫌な奴だと気づかれたとき、目の前が真っ暗になってひとりぼっちになったと感じる。

自分を操縦できないせいでつらいのは、自分の本心とは違う言動で人を傷つけてしまうこと。自分の本心でしたことで人を傷つけてしまうこと。本当にはやさしくなれないこと。自分に絶望すること。人を傷つけたことを忘れて、幸せになろうとすること。望む方法で大切にされないこと。それが当然な人間であること。

自分で自分を操縦できないなら、嫌われてもいいと開き直るか、嘘を本当にするかしかない。それができないなら、自分を操縦できるように訓練するか、操縦しなくてもいいくらいやさしい人間になるかしかない。

わたしはいつも、自分の人生をどれだけやさしく生きられるかの実験場にしたいと思っている。

いまはまったく叶えられていないが、何度も言い聞かせて、とびきりやさしい人間になりたい。とびきりやさしく生きるというのは、死ぬほど怒り狂ってることと同じだ。

嫌われることを恐れて自分の操縦権を放棄しているくらいなのだから、何が起こってもとびきりやさしいふりをしたい。やさしい人間だと胸を張っていたい。

本当に思うこと

わたしがこねくりまわしたり手癖で書いたりした言葉は、小説も漫画も映画もドラマも音楽も必要としない人が本当に思って言った言葉にかなわない。

二十代の頃、とても好きだった人に「あなたのことは好きなところも嫌いなところもあって、長く一緒にいられると思う」と言われたことがあった。

わたしはそれまであらゆることを覆い尽くして存在そのものを許すことこそが恋だと思っていたため、「好きなところも嫌いなところもある」のあとに「長く一緒にいられると思う」と続くことが衝撃的だった。その人はあらゆる小説も漫画も映画もドラマも音楽も必要としていなかった。手癖じゃない、作為の跡がない言葉だからこそ、わたしが思いつく限りの言葉をもってしても、この純度にはなり得ない。

結局、長く一緒にはいられなかったので、決して幸せな言葉ではなくなったのだが、それでも何度も思い出しては「これが恋なのだ」と感じるほど、わたしには忘れがたい言葉であった。


わたしは恋が苦手だが、恋を必要としていないと言いきることもできずにいた。

ずっと恋に対する不信感だけがあった。人のいう恋の話を、自分の中で理解して受け入れることができなかった。

好きだった人は一般的にみると「いい人」ではなかったが、一緒にいるあいだ、思春期の頃からずっとあった、世界とか人間とか、人との関わり方とか、恋とか愛とかへの言いようもない違和感と絶望感を、うまく麻痺させてくれていた。

人生は基本的につらいものだが、それでも生き延びてしまっているこの違和感を麻痺させてくれることこそが、恋の役割なのかもしれない、とさえ思った。

ただ、違和感を麻痺させてもらって、人の力だけで生き延びられたとしても、つらい人生の根本が解決したわけではない。いつ爆発するか分からない時限爆弾を抱えて生きているに過ぎなかった。結局、何もうまくいかないままに恋は終わった。

それでも、当時のわたしは幼く、一度好きになった人を好きじゃなくなることがどうしても理解できず、そして理解したいと思えなかった。

人との関係が長く続くかどうかは、お互いの感情などは本当はまったく関係なく、ただお互いに執着心と信仰心がどれほど強いかというだけなのではないかと思う。わたしは最大限の執着心と信仰心をもって人を好きになっていたが、そうではない人を相手にしたとき、その覚悟はなんの意味も持たなかった。

休日の早朝、ガラガラの電車に好きな人と一緒に乗っていたとき、目を閉じているその人の顔が朝日に照らされ、まつ毛や髭が茶色く透けていて、なんだか妙に世界に感動したことをずっと覚えている。久しぶりに会ったおばあちゃんが「顔をよく見せて」とやるときみたいに、わたしの顔を両手で包んで前髪を分けて目線を合わせてくれたことをずっと覚えている。

もう会うことすらなくなったあとも、自分にそんな瞬間があったことを何度も思い出しては、世界に対してやさしい気持ちになれるのだった。

その人に最後に連絡したときの言葉は、たしか「お酒飲みすぎちゃだめですよ」だったと思う。

返事はこなかった気がするが、わたしが好きな人たちに本当に思うことは、お酒を飲みすぎちゃだめですよ、野菜を食べられない日は青汁だけでも飲んで、時間がある日は運動をして、たまにはシャワーじゃなく湯船に浸かって、できるだけ毎日六時間はあたたかいお布団で寝てください、くらいなのだ。

この世の果ての恐怖

幼い頃から、ふと、自分の体がどんどん自分の思考から離れていく感覚に陥ることがある。

自分の意識が自分の体の外に追いやられていくと言った方が近いかもしれない。テレビの中に映るテレビを観ているような、リカちゃん人形で遊ぶ自分を俯瞰して見ているような感覚。

ここが本当にいま生きている現実世界ではないような、宇宙とか天国とか壮大な場所で誰かが人間をつかって遊んでいるだけのような。誰かが考えた、架空の人形の人生を生きているような。それを考え始めると、たまらなく恐ろしい。

この感覚は、意識をスイッチするといつでも陥ることができるので、なるべく考えないように過ごしている。

わたしにはこわいものがたくさんある。

幽霊も高所も、暗いところも、はじめて行く場所も、大きな音も、廃墟も、ドラマや映画に出てくる暴力シーンも、夜の繁華街もこわい。

ハンカチやぬいぐるみの付いたキーホルダーなど、柔らかい素材のものが道路に落ちているのもこわい。何か起こってほしくないことが起こっているような、死の気配を感じる。

食べものの断面を見るのもこわい。細部をまじまじと見ていると、見てはいけないものが見えてしまうのではないかという気持ちになる。

道路を走るトラックの荷台に付いている布のカバーが、風にあおられて靡《なび》いているのもこわい。布の隙間から何かと目が合ってしまう気がする。

あらゆるこわいものの中でも独特なこわさがあるのは、自分の体よりも明らかに大きなものに囲まれているときの感覚だ。

十九歳の冬、ひとり夜行バスで東京に行った。

ひとりで行くはじめての東京で、しかも新宿で降りたものだから、人の多さと駅の広大さに衝撃を受け、途方に暮れていた。ホテルのチェックインまでの時間をどうつぶしていいか分からず、新宿御苑で過ごすことにした。

真冬の朝で、天気もよくなかったからか、新宿御苑にはほとんど人がいなかった。花もあまり咲いておらず、曇天の中で水仙だけが鮮やかに見えた。奥の方まで行くと、さらに暗く、そして寒く、そこにはわたしと大きな木々しかいなかった。

自分の体よりも大きな木と対峙すると、心臓の動きが速くなっていく。ドッジボールで自分だけが狙われないまま生き残ってしまったときの心細さに近い。あの感覚から少しだけスケールが大きくなって、この世界に自分ひとりだけが生き残ってしまったような。こわさに怯えて足がすくみながらも、頭の中心だけがやけに冷静になって、なぜか世界がクリアに見えてきたことを覚えている。

十八歳の頃に行った、夏の日の天王寺動物園でも同じ気持ちになったことがあった。

どこか遠くに行きたいと思いながら地元で生活していたとき、ふと思い立ち、夜行バスで大阪へ行った。早朝に大阪にたどり着き、人生ではじめての大きな駅に戸惑いながら、観光をした。いまはもう解散してしまったバンドのライブに行き、ホテルに泊まるお金がなかったのでスパワールドで朝まで過ごした。

朝、スパワールドを出て、そのまま天王寺動物園へ向かった。かなりの豪雨で、雷も轟いていた。早く着いてしまったので、開館と同時に入場した。豪雨かつ早朝の動物園には、当然のように誰もいなかった。

周りに人間が誰もいない状態だと、動物はずいぶんと大きく見える。

動物園は、人間よりも大きい動物と、その動物たちに合わせた大きなサイズのもので構成されている。わたしが動物たちの住処に侵入しているのだと思いながら、豪雨の中をそっと歩いていった。高校生の頃から履いて底が削れたコンバースは、雨の侵入を簡単に許し、歩くたびに嫌な音がした。

ひとりきりに合ったサイズよりも少しでも大きな場所にひとりでいると、さみしさを感じる。ひとりきりでは抱えきれない大きさのものに対峙すると、そこがこの世の果てのように感じる。この世の果てを感じたとき、わたしはこわさとともに、この世界は自分ではどうしようもないほどの大きさであることを実感する。

ひとりきりのとき、そばにあるものはひとりきりのサイズに合ったものばかりだ。自分の身長よりも高い家具を部屋に置くのがこわい。手が届かない高い場所に物があるのがこわい。高い場所にある備え付けの棚は基本的に使わない。
自分の目線の高さより高い位置にあるものは、自分の意思で「いまの状態」を崩すことが許されない気がして、触ることができなくなる。部屋の電球が切れたときも、限界がくるまで取り替えることができなかった。わたしの目が届かない部分は、わたしが知らないだけで秩序が保たれていたのではないか。勝手に触れると、その場所のバランスは崩壊してしまうだろう。

思考が追いやられていくときの恐怖は、自分でコントロールできるはずのものがどんどん離れていくこわさだろう。

思考は必ず自分の体の内にあるものだと思っているからこそ、遠く遠くこの世の果てから自分を動かしている何かがあるような気分になると、わたしはいままでの自分の人生や選択を信じられなくなる。また遠くに飛ばされそうになる意識を、どうにか体に繋ぎとめようと必死になるしかない。

理想的な愛の空想

昔、インターネットで自己愛性パーソナリティ障害のセルフ診断を受けてみたことがあった。

なぜ受けてみようと思ったのか、結果がどうだったか、あまり覚えていないのだが、質問のひとつに「限りない成功、権力、才気、美しさ、あるいは理想的な愛の空想にとらわれている」という項目があり、衝撃を受けたことははっきりと覚えている。

「限りない成功、権力、才気、美しさ、あるいは理想的な愛の空想にとらわれている」。口に出して読んで、心の中で読んで、しみじみといい一文だと思った。

果たして「限りない成功、権力、才気、美しさ、あるいは理想的な愛の空想」にとられていない人などいるのだろうか。

だって、人間が欲するものはすべて、「限りない成功、権力、才気、美しさ、あるいは理想的な愛の空想」で説明がついてしまう。みんな、これらが欲しくて人生を生き、これらが手に入らなくて人生に絶望している。わたしはこの質問に「はい」と答えずにはいられなかった。

特に、「理想的な愛の空想」の部分がすごい。

口に出すのも恥ずかしい甘ったれた願いだが、わたしはいつも「人生を丸ごと許されたい」「生きていることを祝福されたい」と思っている。わたしの存在そのものがすべて包まれる瞬間を求めている。「理想的な愛の空想」というものは、わたしの願っている無理難題そのものに思える。

叶うことのない、自分の脳内にだけある理想の愛は厄介だ。

理想の愛があるせいで、そうじゃない愛を受け入れられず、本当の愛が手に入らないと嘆くことになる。イデア界にしか存在しないようなものを求めて、滑稽な悩みを抱えて、本物を手に入れられない自分にむなしさを感じる羽目になる。

「理想的な愛の空想」にとらわれないためには、「理想的じゃない愛」を受け入れる必要がある。それなりの愛を人に与え、それなりの愛を人から受け取って幸福になることが、いちばん早く「理想的な愛の空想」から逃れられる方法だ。

そうすることでしかむなしさを埋められないと理解したうえで、それでも、人を理想どおりに愛することができないことにいつも悩み、誰からも理想どおりに愛されないことに絶望していたい自分が存在する。

相反する感情を行ったり来たりしてくるしんでいるあいだ、わたしは自分の欲求が絵空事であることを知り、アイドルと恋愛する妄想をするように、ただふと考えてみただけの妄想だと自分で納得し、どこかで安心できている。

吉野朔実さんの『恋愛的瞬間』(吉野朔実・小学館文庫)に、「あなたのようにはずやつもりでは　人とつき合えない人間は　むしろ至福を得る可能性が高い　欠乏感が強い方が　必要なものを得やすいというのが理屈です」という言葉が出てくる。

わたしはこの言葉をずっと信じ、自分が自分に課す無理難題に納得している。絶対に埋められないこの空想は、この欠乏感は、いつか至福を得るためのものになるのかもしれない。

それまで、理想的な愛の空想にとらわれていてもいいのかもしれない。

4章 本当なんてないのに

頭の中のミスタードーナツ、ムーミン谷、あるいは四国の安アパート

「やさしい場所」を想像するとき、いちばんに思い浮かぶのはミスタードーナツだ。わたしの頭の中にあるミスドは、この世でいちばんやさしい場所として完ぺきである。そんなエピソードがあるかは分からないけど、創業者が最初に「こんなドーナツ屋さんをつくろう」と考えてわくわくして眠れなくなったときに思い浮かべていた場所のように、あまりにもやさしい場所なのだ。

地元から車で三十分ほど行ったあたりに、ミスドがあった。姉とわたしが中学生の頃、母は私たちの部活が終わるまでのあいだ、暇を持て余した小学生の妹を連れてミスドへよく行っていた。母や妹がそのときの話をよくしていたからか、ミスドには誰

かを待つあいだのやさしい時間の印象があるのかもしれない。

わたしは甘いものがそこまで得意ではなく、ミスドに行くことが多い方とは言えないのだが、さみしいときにふと、わたしの頭の中にある、終電後も営業しているやさしいミスドへ行ってみる。そこでホットミルクを飲みながらオールドファッションを食べれば、たいていの思い悩んでいたことは悲惨ではなくなってくる。

わたしの頭の中のミスドと同じく、わたしの頭の中にはいつでも行けるムーミン谷がある。

手放しでやさしくされたいとき、頭の中のムーミン谷に逃げ込む。ムーミンを好きなひとりとして、ムーミン谷がそんなに都合のいい場所ではないことは百も承知だが、わたしの求めるやさしさがわたしの求めるかたちで存在している場所なのだ。頭の中にしか存在できない理想の場所であっても、逃げ込むだけでわたしは現実のとげとげしさから解放される。

3

1

もうひとつ、わたしの心の中だけのやさしい場所がある。

高校三年生の冬、唯一の友人と、高校卒業後に一年間だけ一緒にアパートで暮らそうという話になったことがあった。

わたしはその当時、なんだかもうすべてが嫌になっていて、どこにも行かずどこにも行けずにいたのだが、地元の大学に進学する予定だった彼女と「一緒に住もうよ」なんて話をして、アパートのカタログを見ていた。

四国のアパートは東京と比べると驚くほど安いのだが、高校生のわたしたちには月に数万円を自分たちで支払うということが想像できず、アパートのカタログを見ながら「ふたりで払えば大丈夫」と話しあっていた。

結局、諸々の事情で彼女は九州に行き、それが叶うことはなかった。

ふたりで一緒に暮らすというのは、非現実的で、高校生ふたりが思い付きで盛り上がっただけの与太話でしかないのだが、わたしはあれから度々、あったかもしれないふたりの穏やかで安全でやさしい暮らしを想像している。
節約のためにペットボトルの飲みものは買わないでおこう。冷蔵庫には冷えた麦茶を用意しておくし、ミルクティーも自分たちで淹れよう。ご飯は自炊して、白米には押し麦を混ぜてかさ増ししよう。テレビはなくてもいいけど、ふたりで音楽が聴けるように、小さなスピーカーはあった方がいい。たまにはケーキを買ってみよう。そんなつつましく幸せな生活があったのかもしれない。

一度、九州の彼女の家に遊びに行ったことがあった。彼女の部屋には、茣蓙《ござ》と風鈴と煮出してつくる麦茶と扇風機があって、わたしが想像する穏やかで安全でやさしい暮らしそのものだった。彼女はひとりでもその暮らしを手に入れることができていた。そのことがたまらなくうれしかったことを覚えている。

わたしの頭の中にだけ存在するやさしい場所は、実際に存在したのだった。

分かりあえなさについて

好きなものについて話すのが苦手だ。

「好き」というのは基本的に柔らかく、傷つきやすくて壊れやすい。声を大きくするほどその柔らかさが消えていくし、「分かってもらおう」とすればするほど本質から離れていく。知識量や行動力、かけたお金、語れるかどうかで判断したくないし、されたくない。眠れない夜に思い出すことだって、つらいときにふと思い浮かべることだって、好きなものへの愛情表現だ。わたしは、かたちも摑めないふにゃふにゃのまま心の奥に閉じ込めていたい。

そのうえで、好きなものについて書こうと思う。

好きな物語を考えたとき、いちばんに思い浮かぶのは、『彼氏彼女の事情』（津田雅美・白泉社）だ。

こんなにもまっすぐ「分かりあえなさ」と向きあえる作品があることに、いくつになっても救われる。人は一度分かりあえたとしても、それで万事解決するわけではない。どれほど近づいても、分かりあえないこともある。その絶望を感じずにはいられないけど、それでも分かりあおうともがくことに意味があるのだということがよく分かる。

最初こそ、クラスの男の子に弱みを握られた女の子が言いなりになって、その力関係のまま恋愛に発展する少女漫画のようであるが、有馬がヒロインである雪野の本性を知るシーンは、有馬と雪野の対比を見せる導入でしかない。

物語の主軸は、最初から最後までずっと、恋愛ではなく、「呪い」と「救い」にあるのだ。物語の中で、恋愛というものは恋愛ではなく、雪野にとっては生まれてはじめての傷つくかもしれない経験であり、他人の心が傷つかないことを望むような世界の入り口であった。対して、有馬にとっては、生まれてはじめて手放しで信じられた無条件の愛であり、たとえ傷ついてすべてを失ったあとにも抱きしめてくれる人がいると信じられる世界の入り口だ。有馬は育ての両親に愛されているが、それを「信じられる」ようになるには、家族とは別の角度からの愛が必要だったのだろう。

『彼氏彼女の事情』には、「持っている」人しか出てこないが、それは決して漫画的な演出ではなく、登場人物たちが満たされないことに、呪い以外の理由を与えないためだと思っている。

「こんなに持っているのに、何がつらいんだ」なんて言わせてしまってはいけないし、彼らの呪いを「恋愛ひとつで救われるもの」なんて思わせてはいけないのだ。三島由紀夫は太宰治の性格的欠点を、「生活の改善で治されるようなもの」と言ったけれど、そのように思わせないためだけに有馬と雪野にはすべてが与えられているのかもしれない。

この作品は何をどうしても救われなかった人を、何をどうしても救おうとする人の話で、その世界には呪いと救い以外のすべては白か黒かはっきりしている。

だからこそ、起こる問題が呪いと救いに帰着できる。呪いを解こうともがき、分かりあえなさに抗おうとしたからこそ、有馬と雪野には、そこから先へ行ける切符が与えられているのだろう。

好きなシーンを挙げたらキリがないが、第一話で描かれる「有馬が恋に落ちた瞬間」を何度も何度も見てしまう。

雪野に対して、有馬はやけに幼く、すがるような瞳をしている。後に雪野の言う「私の中にかくしてたものを有馬の中に隠れていたものが気付いたんだわ　すごいことよ」というセリフそのものだ。有馬の中に隠れていた子どもが、雪野を雪野たらしめる部分を見つめているのだ。

アニメも、有馬のトラウマと幸せになることへの恐怖心、それでも人を好きになる希望を感じられて好きだ。

有馬が桜まみれになって理科室に来るシーンがあるのだが、雪野をちらっと見たあと、有馬のはらった花びらが一枚てんびん皿に落ちて、てんびんが大きく傾く。恋とは、桜の花びら一枚でてんびんが大きく傾くことなのだ。たった一枚の花びらに有馬の感情の揺れを乗せられることが衝撃的だった。

そして、有馬と雪野が歌う『夢の中へ』にあわせてカメラが風景を映していくエンディングも好きだ。

一話から三話までは校内を映していたカメラが、四話では学校の外に出る。四話は、雪野が有馬に告白の返事をする回で、「もし傷つくのなら　最初の相手は　有馬がいいわ」という名言が出る。呪いを解く第一歩は傷つきあうことであり、そして、それでもかまわないと踏み出せることだと表明しているようだった。

はじめて『彼氏彼女の事情』を読んだ日からだいぶ時が経ち、大人になった。人との分かりあえなさに打ちのめされるような年齢じゃなくなっても、度々傷ついたり落ち込んだりやるせなくなったりするのは変わらない。

その無力感は人と関わるあいだずっと続くものだけど、傷ついてもいいから心を見せあいたい、呪いが解けるまでもがきたいと思えたときだけ、分かりあえなさに抗う切符がもらえるのだろう。そこに希望を見出していたい。

逃避行の夢

夜行バスが好きだ。

夜行バスそのものというより、夜の高速道路が好きだ。もっと正確に言うと、朝着くように夜に出発する乗り物が好きだ。

逃避行はしたことがないが、こんな感じだったらいいなと思う。夜行バスの中には、どうしようもない孤独と、これ以上ない自由が同時にある。これから先もずっと悪いことしか起きないような、でもいいことも起こりそうな、いままで関わった全員から見放されているような、でも誰かひとりくらいになら許されているような、あらゆる感情のぴったり中間点にいられる。心の中のてんびんが、悪い方にもいい方にも傾きながら、バランスを保っている。

一生夜から出られないまま、でも朝が来るのを穏やかに待っているような気分だ。夜行バスの醍醐味は、乗ってしまえばそれだけで朝が来て、絶対にどこかにたどり着いてしまうのに、それに安心しきっていながら、このまま夜が明けなければいいとあり得ない妄想をする時間にあるのだ。

イヤホンから流れる音楽をいちばん小さな音量で聴いて、光が漏れないようにカーテンのつなぎ目から高速道路の流れる光を眺めていると、自分が生きているのか死んでいるのか分からなくて、これまでの失敗も自分の欠点も全部チャラになった気分になる。

上京してから、帰省するときはいつも夜行バスを使っていた。

地元は東京よりも日の出が遅く、外が明るくなるのに体感で一時間半くらいの差がある。冬の地元では、朝七時半頃になってようやく外がはっきりと明るくなる。夜行バスが到着する早朝は、まだ夜と朝の狭間のようだった。バスの降車地から自宅までは車で一時間ほどかかるため、家に着いた頃に本当の朝がくる。
そこで現実に戻されて、重い体を自覚し、わたしの逃避行はあっけなく終わるのだった。

上京してからはじめて地元に帰省したとき、夜行バスの中で聴いていたアルバムが、スピッツの『色色衣』だった。

わたしの中に、「夜行バスで聴きたい音楽」というジャンルがある。『色色衣』は、その中でもいちばん夜行バスで聴くのにぴったりなアルバムなのだ。Vampire Weekendの『Jerusalem, New York, Berlin』も、Weezerの『Endless Bummer』『Butterfly』も、Radioheadの『(Nice Dream)』も、ゆらゆら帝国の『ひとりぼっちの人工衛星』も、サニーデイ・サービスの『シルバースター』も、夜行バスに乗るときには必ず聴く。

柔らかい痛みと浮遊感があり、現実と夢の狭間に存在しているような曲が、夜行バスによく似合う。

しかし、好きなのは夜行バスだけで、旅行は苦手だ。

旅に出ているあいだ、ずっと焦りと不安に支配される。人と一緒だと、何かを間違えるたびにこわくてたまらないし、自分ひとりだと、自分の失敗や無計画に振り回されて、いつわたしがわたしを見限ってもおかしくなくて不安になる。

もちろん、不安にとらわれない瞬間もある。

思ったとおりに事が進むとうれしいし、思わぬことが待っているのも楽しい。旅行中だからと自分に許可してちょっとだけ普段より贅沢することもできる。お土産を選んで、帰ったあとの生活を考えることもできる。

だけど、楽しいとき、素直に楽しいと思うことができない。

今日で世界が終わるなら心の底から楽しかったと言えるのに楽しいことのあとも

ずっと続く、自分のいつも通りの人生が嫌いなのだ。みんなこの気持ちを全部ひっくるめて「楽しかった」と言っているのだろうか。

旅から帰るときになってようやく穏やかな気持ちになるが、帰宅後は死ぬまで続く普通の生活が待っている。

わたしがわたしを責めたり、わたしに期待したり、わたしに呆れたり、わたしに絶望したり、それを繰り返して、決して一度も満足などしない、普通の生活が。わたし以外に代わってくれる人などいない、わたしだけの生活が。

どこかに行きたいけどどこにもたどり着きたくない。どこにもいたくないけどどこかに居場所がほしい。誰にも会いたくないけど誰かに直接やさしくしたい。何かになりたいけど何にも希望を持ちたくない。人生を取り戻したいけどもう全部どうでもいい。

普通の生活を送りながら相反する気持ちを行ったり来たりするうちに、現実でも夢でもないような場所を求めて、夜行バスに乗りたくなる。

わたしが旅に出る理由は、逃避行の予行練習だ。

それならば、どこかにたどり着くことも、どこかの地にやすらぎを覚えることもできない。それでも、現実に戻ってまた普通の生活をどうにか繰り返していくには、逃避行の夢を見ることが必要なのだった。いつか本当の逃避行を期待しながら、そんなことはできない自分のために夜行バスに乗るのだ。

くだらない人生の中の季節

人生のことを考えなくていいなら、どの季節も好きだ。

春は空気があたたかいし、視界に入るものすべてが色づいていて、世界が明るい。春の休日の朝、早くに目が覚めて外に出てみて、昨日よりもあたたかい日差しの気持ちよさを味わっていると、あまりのすがすがしさに生まれ直したような気分になる。

春は晴れの日もいいが、雨の日が特に好きだ。春の雨は、どんなに激しくても、雨粒が柔らかく見える。春の雨の日の早朝の薄暗さは、春特有の色彩をすりガラス越しに見ている気分になる。

そういう日には大きめの傘をさして、近所のコインランドリーに行く。洗濯物が乾くのを待つあいだ、自販機で買ったあたたかい飲みものを飲み、本を読む。乾いた洗濯物はあたたかく、家に持ち帰って抱きしめたくなる。そんな瞬間は、東京のひとりの暮らしを心から好きだと思える。

でも、春の陽気を感じるとき、溝に嵌《はま》るように、暗い感情に支配されることがある。思い出したくない情けないことを思い出すし、これからも続く人生を否応なしに考えさせられる。失敗したコミュニケーション、誰かを傷つけてしまったかもしれない言動、ダサかった言い訳、誰が覚えているかも分からないミス、なりたかったのになれなかったもの、できたはずなのにやらなかったことなどを思い出してしまう。

春は、焦りの季節だ。生まれ直したような気持ちになれない日には、自分だけがモノクロで描かれている気がしてくる。

夏は、遅くまで外が明るいだけで何かが始まりそうな気分になる。地元の夏は、二十時頃まで外が明るかった。十九時頃に犬を連れて散歩に出ると、ぼんやりと明るい空ときらきら揺れる海の水面がきれいで、強く吹く潮風が生ぬるくて、たまらない気持ちになった。

地元にいた頃、子ども部屋にクーラーがなく、夏場は窓をあけて扇風機を回して涼んでいた。風が強い町なので、夜は特に窓を開けると涼しくなる。それでもなんとなく寝苦しいときは、枕の位置を変えていた。一緒に眠る犬は、暑い日には布団に潜らず、でも人間にくっつきたくて、足もとで眠る。枕の位置を変えると、それに合わせて犬も移動してくるのがいとおしい。

でも、夏はむなしさの季節だ。夏祭りも、海水浴も、ビアガーデンも、直視できない輝きがある。強い光の中に、えいやっと飛び込む勇気はない。きらめく季節の中で「楽しい」と思えない生活しか送れないことを、自分自身に責められている気分になる。自分がどんどん透けていき、自分以外で世界が完結しているように思えてくる。

秋はある日突然やってきて、ある日突然終わる。そのわずかな時間が綺麗だし、色彩も落ち着いて、はしゃぎようのなさが気分を冷静にさせる。

でも、冷静になるということは、人生を直視せざるを得ないということだ。朝起きてゴミを出しに家を出たときの風の冷たさで、夏の夢から醒める。冬に移りゆくあいだの切なさは、人をどうしても不安にさせる。

秋は着る服も迷う。外で半袖のニットを一枚で着ている人を見ると、なんて正しいのだろうかと思う。半袖のニットは、人生のタイミングを間違えない人にしか許されないように思えるのだ。適した温度があまりない服を、タイミングを誤ることなく着なければならない。それに成功した人だけが半袖のニットを一枚で着られる。その選択が、わたしにはむずかしい。

冬は一年の中で最も空気が澄んでいる。冬になった瞬間は、空気で分かる。「今日から冬だ」と分かる日が明確にあり、そこからわたしの冬が始まる。暖房があまり得意ではなく、特に暖房であたたまった電車に乗ると酔って気分が悪くなってしまうのだが、なんとか耐えて電車から降りた瞬間、大きく吸う冬の空気が気持ちいい。体の中が瞬間的に美しく浄化された気分になる。

年末に向けて街が落ち着かなくなる感じも好きだ。仕事の忙しさがピークに達し、終わりが分かっているしんどさの中で慌ただしく生活をしていく感じは、社会人になってよかった時間のひとつだ。一年を振り返る余裕もなく、機械的に一年を清算していく。それだけで一年間の自分に言い訳ができる。申し訳なく思う必要もなく、街の浮かれ具合と忙しさに合わせてあくせく働く自分は、社会に存在していいと思える。帰省前にお土産を考えるのも楽しいし、冬毛で膨らんだ生きものを見られるのもうれしい。

上京したばかりの頃は、冬になると凍えながらさみしさに耐えていた。

部屋をあたたかくすることは経済的負担が大きいが、ひとり暮らしを始めてから、さみしいときはとにかく寒さを我慢してはならないと気づいた。あまり電気代を気にせず暖房をつけた方がいいし、夜中でも気にせずココアやホットミルクを飲んだほうがいい。すぐにお味噌汁を飲めるようにインスタントのお味噌汁を買っておくと、より安心できる。寝るときまで暖房をつけると電気代が大変なことになるので、フリースや着る毛布や湯たんぽも用意しておけると完ぺきだ。

寒さと孤独は直結している。高校三年生の頃、窓のない小さな白い部屋にいた。ある冬の朝、登校中に気分が悪くなって駅のベンチに座って休んだら、それからどうしても教室に行けなくなったのだ。

白い部屋では、学校の中でも特にやさしい先生たちが見張りをしていた。机がいくつかあるが、すべて壁に向かって置かれていて、ひとつひとつにパーテーションが付いていた。何人か来たり来なくなったりした人たちがいたが、誰もひとことも話さなかった。わたしは朝誰にも会わないように時間をずらしてその部屋に行き、誰にも会わないように時間をずらして帰って、一日の中で人と話すのは先生への挨拶と、たまに行われるカウンセリングの時間だけだった。

その頃ずっと体が冷えて冷えてしかたがなく、ヒートテックを何枚も着て腹巻をして指定のセーターの上にこっそりカーディガンも着て、それでも寒くて、ブレザーの上に体操服の上着を羽織り、そこにさらにブランケットをかけて震えながら過ごしていた。

一度だけ、その部屋に唯一の友人が来たことがあった。そこで五分ほど話したとき、体が急にあたたかくなり、着ているものを暑いと感じたことをずっと覚えている。誰とも話さず、誰とも関わらずにいようとすると、まず体が冷えていくと知った。冬の寒さは体をむしばんでいく。

季節を感じるときも、くだらない自分のくだらない生活は続いているから、心の底から季節を楽しめたためしがない。今日で人生が終わるなら、外を歩くだけで季節の移ろいを感じ、うれしくなれるのに。

魔法の手

くらもちふさこさんの『A-Girl』(くらもちふさこ・集英社)という漫画で、主人公のマリコが旅行先で腹痛を起こしたとき、ヒーローの夏目くんにお腹を撫でてもらっているうちに、腹痛が治まっていくエピソードがある。

マリコは、幼い頃に同じような状況で母親にお腹を撫でてもらったとき、母の撫でている手が疲れないか心配で自分の方が疲れてしまっていたような子なのだが、夏目くんに撫でてもらっているときは不思議と疲れず、心から安心できるのだ。

わたしにとって、そのやさしい魔法の手は、いつもぬいぐるみが与えてくれていた。

どんなときも、部屋に帰って、布団乾燥機でぬいぐるみごとあたためた布団に潜り込み、ほかほかになったぬいぐるみを撫でて撫でて撫でて撫でて目をつむっていると、ここがあまりにも安全な場所だと分かり、心底安心して泣けてくる。

今日あった嫌なことや失敗したコミュニケーションのこと、もう会えない人のこと、この世の全員に嫌われている気がすること、どこにも居場所がないように感じること、そういった全部がどうでもよくなる気がするのだ。

気がするだけで、何かが解決したわけではないけど、その安心感こそがわたしにとっての魔法の手で、必要なものだった。ひとりでは生きていけないし、人とも生きていけないので、ぬいぐるみを抱きしめて過ごす必要があるのだ。ぬいぐるみを抱きしめながら、自分の脈拍を感じる時間が好きだ。ぬいぐるみが生きているような気がしてうれしい。

小さなぬいぐるみをポケットや鞄に入れて、外に連れ出すこともある。

楽しいときや悔しいとき、誰かに何か話しかけたいとき、ポケットや鞄に手を入れて、ぬいぐるみをそっと撫でる。いつもぬいぐるみが生きていて話しかけてくれたらどれほどいいかと思っている。

以前、救急病院に運ばれてしばらく入院していた際にも、母がまとめてくれた荷物の中にぬいぐるみがいた。わたしの意識が戻るか分からない中、コロナ禍で面会ができないこともあり、入院中に必要になりそうなものをたくさんまとめて持ってきてくれていた。

お財布やスマホ、充電器、身分証などと一緒に、フリースやメイクポーチ、ぬいぐるみも入っていて、「これらがちゃんと必要になってほしい」という祈りが込められていそうだった。

入院中、わたしはぬいぐるみを抱きしめてどうにか生き延びた。病院では数えきれないほど大勢の人がわたしのために動いてくれて、わたしのために力を貸してくれていたので、その人たちの前で泣くことは許されない気がした。不安に襲われたら、ぬいぐるみに顔を埋めて乗り越えなければならない。ぬいぐるみにキスをしてベッドに寝かせてから、検査やリハビリに行った。

ぬいぐるみを抱きしめることで、ぬいぐるみに抱きしめられていた。わたしの人生のくるしいときには、いつもぬいぐるみがいた。

わたしの家にはぬいぐるみがたくさんいる。子どもの頃から少しずつ集まってきた仲間だ。母と話すとき、ぬいぐるみを通してじゃないと話せないことがよくあった。学校での出来事を話すとき、受験に失敗したとき、いつもぬいぐるみに「話があるんだけど」と言わせていた。

聞かれたくないことを聞かれたときも、ぬいぐるみが代わりに意思表示をしてくれた。母がつらそうなとき、ぬいぐるみを貸し出すと母は喜んでくれた。わたしはぬいぐるみに重要なコミュニケーションをいつも押し付けていた。やさしい生きものを借りて、人間のふりをしていた。

本当は嫌なことも悪口も言えるし、下卑たことだって考えるし、苛ついてたまらないときもあるのに、わたしはこの期に及んでも心やさしく美しい人間のふりをしてきた。自分ひとりだと嫌な人間になってしまうとき、ぬいぐるみに代わりに背負わせていた。

自分の醜さから目を逸らしても許されるような瞬間を求めて、ぬいぐるみを愛しているふりをしているに過ぎないのかもしれない。その証拠に、職場にはぬいぐるみを連れていけない。ヘラヘラと笑ってごまかし、嫌な顔だってできる情けない自分を、ぬいぐるみに見せたくないのだ。

上京してはじめて大きな地震を体験したとき、突如「ぬいぐるみの死」がこわくなった。家でぬいぐるみを抱いてそのまま死ぬかもしれないし、慌てて自分だけ逃げ出すのかもしれない。自分がどうするのか、どうすべきか、人として取るべき行動と、自分の選択で起こりうることと、ぬいぐるみの死を考え、絶望したのだ。

祖母が亡くなったときも、ぬいぐるみの死を考えてこわくなった。葬儀社の方から、祖母の棺に入れてよいものについて説明を受けていたとき、資料に「ぬいぐるみは入れられない」旨が書いてあった。わたしが死んだあと、わたしの棺にぬいぐるみを入れられなかったら、わたしのぬいぐるみたちはどうなるのだろう。そもそも、わたしが死んだときにぬいぐるみも連れていこうと考えることが間違っているのだろうか。「ぬいぐるみの死」はどこにあるのだろうか。

このあとの人生をどう生きられるかまったく分からないので、何も言えないが、なんとなくわたしが死ぬ瞬間にぬいぐるみも一緒にどこかへ行けると思っていた。

ぬいぐるみはかわいがられるために生まれ、かわいがる人がいなくなったらもうどこにもいられない。それからは、わたしが死んだあと、ぬいぐるみをどうしてほしいか、エンディングノートに書いている。わたしが愛するぬいぐるみたちは、わたしが生きているあいだに愛し尽くさないといけないのかもしれない。

物語にならない

人生のバイブルをひとつ挙げるとするなら、『ぼのぼの』（いがらしみきお・竹書房）を選ぶ。

うまれてはじめて読んだ漫画が『ぼのぼの』だった。家族は小説も漫画もほぼ読まず、実家には本棚と呼べる本棚もなかった。地元にはおじいさんがひとりで営業している小さな書店があったが、子どもが行くことは許されていないような書店だった。本へのアクセスがいいとはいえない環境だったが、なぜか、実家にボロボロの『ぼのぼの』が一冊だけあった。

おそらく母が昔に買ったのだろう。ピアノの横にある箱のようなものに、『ぼのぼの』は重い電話帳数冊に押されて入っていた。そのとき何を思ったかまでは覚えていないのだが、わたしはあの家で『ぼのぼの』との繋がりを自分で見つけ出したような気がしている。

『ぼのぼの』の好きなところは無数にあるが、物語の中の人を、物語のためだけに生かしていないところがたまらなく好きだ。

コミックス八巻のスナドリネコさんのプロフィールには、「残念ながら彼の過去は暴かれない。なぜかというと彼がそう望んでいるからだ。」と書かれてある。大人になってからそれを読んだとき、衝撃を受けた。物語のために暴きたくなるようなことも、その中で生きる人が望まないのであれば暴かなくてもいい。秘密を秘密のままにしていいのだ。

続く九巻には、「タカラモノはね　何かに使うものじゃだめなんだよ　タカラモノはね　動くものじゃだめなんだよ　タカラモノはね　動かなくなったもの」という言葉が出てくる。『ぼのぼの』の美しさはこの一文で説明ができるだろう。タカラモノを探す子どもたちと、かつてタカラモノを探していた大人たちが、決して物語に使うためじゃなくそこに存在する。だからこそ、『ぼのぼの』はタカラモノになれるのだと納得できる。

わたしが好きな物語の条件は、出てくる人が物語のためだけに生きているわけではないことだ。『脚本家　坂元裕二』（坂元裕二・ギャンビット）という本の中に、満島ひかりさんが『それでも、生きてゆく』の脚本に対して「これだと物語になってしまう」と抗議したことがあったというエピソードが載っていた。

物語になることと、物語になってしまうことはきっと違う。物語になってしまうのは、人の生きている姿が物語になるのではなく、物語にするために人を生かしてしまうことだ。『それでも、生きてゆく』に出てくる人たちは、その世界の中で生き続けていた。

幾原邦彦監督の作品も、同じ意味で好きだ。出てくるキャラクターたちは、主題として提示されていたものを追い続けた結果、物語の枠そのものからはみ出して本当に求めていたものが何かを知り、読者の誰からも分からない場所で生きていく。「もうわたしたちには見せてくれない人生の続き」を感じられる。物語の中で人生は完結しない。そう簡単に完結しない人生だからこそ、物語になるのだろう。どれほど好きな物語でも、最後にきれいに収束していくと、最後だけ素直に味わえなくなってしまう。

『ナボコフの文学講義』（ウラジーミル・ナボコフ・河出文庫）に、「文学は、狼がきた、狼がきたと叫びながら、少年がすぐうしろを一匹の大きな灰色の狼に追われて、ネアンデルタールの谷間から飛び出してきた日に生まれたのではない。文学は、狼がきた、狼がきたと叫びながら、少年が走ってきたが、そのうしろには狼なんかいなかったという、その日に生まれたのである。」「彼は小さな魔法使いだったのだ。彼は発明家だったのである。」という文章がある。物語は、虚構として生まれてくるが、そこに物語としての意味を持たせたらもうどこにも広がらなくなってしまうのかもしれない。

ソフトクリームといとおしさ

好きな食べもののひとつに、ソフトクリームがある。

甘いものがそんなに得意ではないので、味がものすごく好みというわけではないのだが、心惹かれてやまない。やさしい食べものだと思う。

幼い頃からソフトクリームが好きだった。特別なときにだけ食べられる、特別な形の特別な味のする食べもので、しかもその場ですぐに食べないといけないという特別な時間もたまらなかった。

実家から車で三十分ほど行ったところに、ちょっとしたショッピングセンターがある。そこで買い物をしたあと、出入り口で売っているソフトクリームを買ってもらうのが好きだった。百五十円くらいで売られている小さめのもので、いま思うと高級なものではないのだが、当時のわたしにとってそれは贅沢の象徴で、口に運ぶたび、その特別感にドキドキしていた。

テレビアニメ『あたしンち』で、ソフトクリームにまつわる好きなエピソードがある。

みかんの親友のしみちゃんが、はじめてひとりでソフトクリームを食べたとき、同じくひとりでソフトクリームを食べている人たちがみんな、何も見ていないうつろな目をしていることに気づく話だ。

そして、この何も見ていない目に反して、頭の中はソフトクリームのおいしさでスパークしているのだということをしみちゃんは感じ取り、「人っていとおしい」と思うのだ。

ソフトクリームを「ひとりで」食べるということへの眼差しがまずすごいのだが、

ソフトクリームをひとりで食べているときは、ソフトクリームを食べる以外に何もできず、必然的にソフトクリームに向きあわざるを得ないこと、そのとき社会的な自分の目線の置き場がよく分からなくなること、誰かに共有するでもないおいしさが脳内を駆け巡ること、そこに人間のいとおしさを感じること、すべてが鮮やかで、ソフトクリームの特別さを表している。

　ソフトクリームを食べるたびにこの話を思い出しているのも、ソフトクリームが好きな理由のひとつだ。

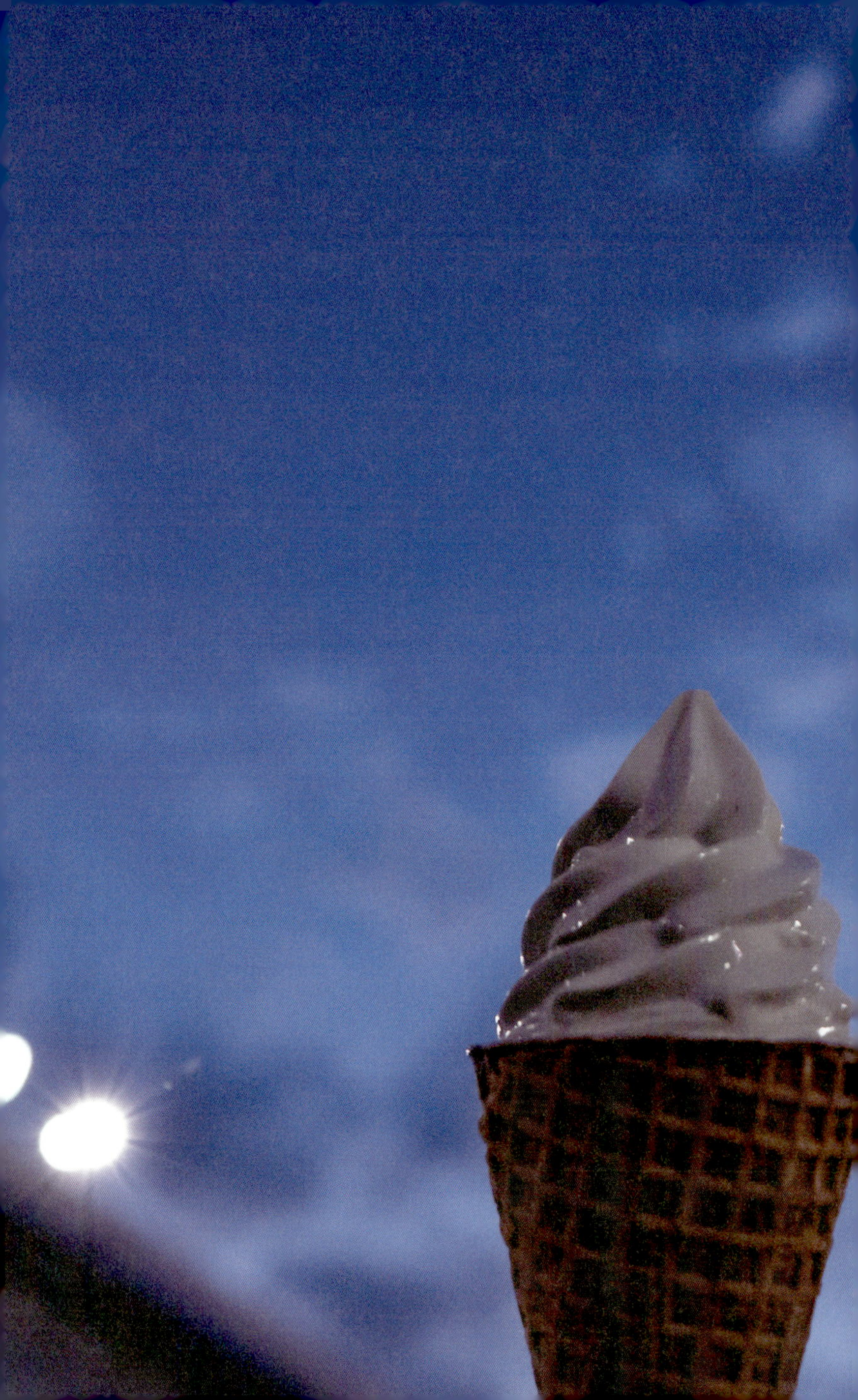

わたしがはじめてひとりでソフトクリームを食べたのは、高校生の頃、祖母が入院していた病院にお見舞いに行ったときだった。

道中、四国にも出店し始めたセブン－イレブンでソフトクリームを買い、目を覚まさない祖母の隣で食べていた。あのとき食べたソフトクリームがやけにおいしくて、でも、祖母を見ながら食べることも、ここでおいしいと言うこともなんだかためらわれた。あのときのわたしはきっと何も見ていない目をしながら、脳内はスパークしていただろう。

上京してから、ひとりでソフトクリームを食べる機会が増えた。出先でソフトクリーム屋さんがないか調べる癖もできた。

わたしの場合、ソフトクリームを食べているときにはスパークしているというよりも、脳内が凪いでいることの方が多い。むしろ、凪の時間を求めてソフトクリームを食べているのだが、本質的にはスパークしているのと同じことだろう。

ソフトクリームには、社会で求められる表情や思考を必要としない、特別な時間と場所を提供してくれる側面があるのだと思う。淡々とおいしさを堪能しながら口の中で溶けていく一瞬の儚さを味わい、いま必要ない情報が脳内からデリートされていくのを感じていると、少しだけ現実世界の喧騒から離れられて、絶望感が薄れるのだ。わたしが大人になったいまもソフトクリームを求める理由は、そこにあるのだろう。

社会で生きることがくるしいとき、海辺のソフトクリーム屋さんになりたいと妄想する。

日がな一日海を見ながら、ソフトクリームを売り続けたい。そこで、ソフトクリームを食べながら何も見ていない目をしている人を見て、人間のいとおしさを感じていたい。

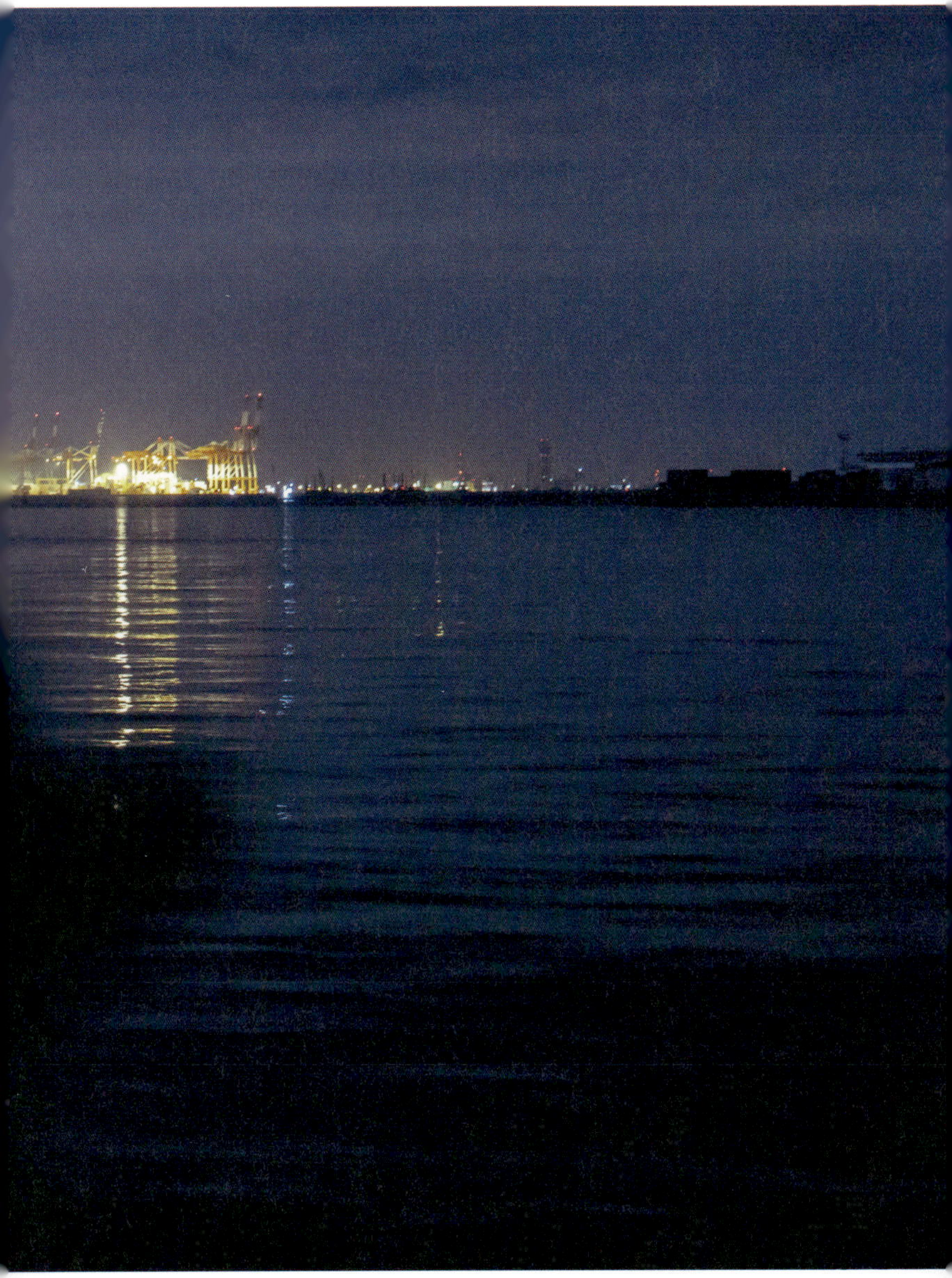

5章

気がつけば、海

誰にも見せない日記

自我が芽生えたのは、小学二年生の頃だったと思う。

それ以前の記憶もあるが、見たものや聞いたもの、自分がやったことをそのまま映像として覚えているだけで、そこにどんな感情があったかは覚えていない。小学二年生の頃から、自分が感じた怒りや悲しみを記憶できるようになった。自分の感情を言葉で記憶できるようになったからだろう。

その頃から、自分の感情をその場で処理できそうにないときに、日記を書くようになった。起こった出来事を書き、いまの感情を書き連ねていると、少し冷静になれる。

姉と喧嘩したとき、母に怒られたとき、学校で嫌なことがあったとき、憧れていた先輩に恋人ができたとき、部活がつらかったとき、受験に失敗したとき。誰に言ってもしかたがないことを日記に書いておくと、自分のことを分かってくれるもうひとりの自分が生まれる。

姉も妹も、両親に今日起こったことやいまの気持ちを素直に話すタイプだったが、わたしにはそれがどうしてもできなかった。人と話していると、本当に思っているこ とは言えず、思ってもいないことを言ってしまう。それなら、自分が本当に思っていることは、自分以外の誰にも打ち明けたくなかった。

誰にも見せない日記は、十九歳の頃から、ブログに替わった。ただ自分に起こったことや自分の思っていることを、自分とは別の匿名の人間として書いていると、嫌でも冷静になれる。

いまも誰にも見せない日記はあるのだが、そこは自分の感情をなんのフィルターも通さずに書き連ねているだけで、ブログにはもう少し濾過《ろか》したものを書く。誰に読まれるわけでもなく、誰に読んでほしいわけでもなく、誰かに理解してもらいたいわけでもない。濾過した感情を文章っぽくして、終わりのない悩みに一旦ピリオドを打つ作業のようなものだ。

二十歳の頃、ＳＮＳが流行り始めてからは、濾過するよりも前の感情をＳＮＳに書くようになった。その場で処理しきれない感情を簡単に吐き出して、そう思った自分と、それを理解するもうひとりの自分をつくる。

これで、街中にいても、電車の中でも、会社のトイレでも、手軽にわたしだけが守られる部屋ができる。ＳＮＳは読んでいる人が可視化されるが、誰に読んでほしいわけでも、誰に分かってもらいたいわけでもない。書いたことに対して何か言ってほしいわけでもない。ただ、書いているうちに少しだけ頭の中が整理されていく、濾過装置のひとつとして必要なのだ。

ＳＮＳでは他の人の濾過する前の感情が分かるのも新鮮だった。関わることもない人の独り言を聞いていると、コミュニケーションの苦手な部分を無視して、人の「その人たらしめている部分」だけを知れる。同じ趣味を持っている人、ちょっと自分と似ている人、自分とは違っていて羨ましい人、わたしの知らない世界を知っている人、関わることなどないのに、少しだけその人の本当っぽいところを知っているのは、危険であり、魅力的だった。

外の世界で生きるには、人のことを知ろうとして、理解して、それに合わせた反応をしなければいけない。他人のことを断片的に知って、自分の思ったことをただ言っていても、なんにもならない。

それなのに、他人の人生の一部を眺めて、眠れない夜に抱えきれない感情を投稿する。そうすれば明日も、社会人のふりをしてへらへら笑える気がするのだ。

たどり着けない言葉

本当に思っていることを声に出そうとすると、涙が出そうになる。

なので、わたしが喋っているときの言葉は、本当に思っている言葉ではないことが多い。一度脳内でカギ括弧に言葉を入れないと話せなくて、セリフをつくって喋っている。次のセリフを考えるまでに四十秒ほど待ってほしいから、会話のラリーができない。

そんな風に話しているから、人と話すときに、相手がどのような人間か、どのような価値があるのか、意識して見定めようとする人のことがこわい。

だって、わたしが会話をこなすためだけに必死に用意したセリフの中で、わたしがどのように生きていこうと思っているか、どんなときに心が落ち着くか、誰にも見せない日記に何を書いているか、何回も何回も読み直している本は何か、嫌なことがあって泣き出したいけど泣いちゃダメなときに心の中で唱える言葉は何か、しっかりしなくてはと思うときに浮かぶ言葉は何か、伝わるわけがないから。

そして、そもそもうまく話せないから当然なのだが、人と話したあとはずっと自己採点をして落ち込み続ける。

でも、だからといって誰とも話したくないわけではない。

自分のことを好きになって、自分の口から出る言葉を信じられるようになってから、人とたくさん話したいのだ。

本当は、今日あった出来事とか、道端で見つけた変わった看板のこととか、話せたら楽しいけど別に話す必要もない話を、なんにも不安にならずに誰かに話したい。

わたしはいつも人に嫌われることを恐れているけど、正しくは、使いたくない言葉を自分の口から出してしまって好きな人に呆れられることを恐れている。そして、自分が口にしてしまったことが本当になったり嘘になったり、その場から変わっていくことを恐れている。好きだと言葉にすれば一生好きでなくてはならないし、口にしたのに好きじゃなくなったのならばそれは恥ずべきことだ。

言葉にする呪いを自分にかけ続けた結果、わたしは本当に思っていることを何も話せず、ただへらへらと笑うだけの人間になってしまった。

わたしが自分の言葉を信じられるのは、文章の中だけだ。

自分の文章や文体は好きじゃない。自分のつくった料理は自分がつくった味がするように、自分が書いた文章は、自分が書いているというだけで好きになれないのだが、それは本当に思っていることが形になって書いてあるからだ。

自分の本当に思っていることや、あるいは自分の嘘について、できるだけ自分から遠い言葉で話したい。
感情の昂《たか》ぶりを表すときに、抑制的な文体や言葉を使う方が好きだ。溢れ出る感情を抑えれば抑えるほど、本当に思っていることが残る気がする。

自分の文章について正しく評価することができないので、実際にできているかは分からないが、わたしが何かを文章にしたいと思ったとき、心の中のごった返す乱雑な感情は多少濾過されていてほしい。

本当に思っていることは、濾過して残ったものを言葉にしたときだけじゃなく、濾過できない言葉にも表れると思う。
特にわたしがグッとくる言葉は、言葉と言葉のつながりに飛躍がある。というよりも、言葉のつながりが飛躍するとき、「本当」が表れるのだと思っている。

くらもちふさこさんの『千花ちゃんちはふつう』（くらもちふさこ・集英社）に出て

くる、「支えられて体をそらした時　背骨の軽い痛みが　思わず好きだった」というモノローグが好きだ。普通に読むと文章に違和感があるのだが、主人公の千花ちゃんの中で溢れ出る感情を言葉にするならばこうでしかないだろうという納得感があり、たびたび思い出す。ちぐはぐな気持ちを表すなら、このモノローグしかないだろう。

それは、文章を文章として形にするよりも前の感情だ。わたしが喋るときに脳内で組み立てるセリフとは違う、そして、文章にするために濾過した言葉とも違う、生まれてすぐの言葉のようで、わたしにはつくれないその言葉がとても特別な輝きを放って見える。

つまりは、そうとしか言えない言葉に弱いのかもしれない。それだけで、その後ろにある感情が百パーセント伝わるような、この気持ちに言葉をつけるとしたらそうとしか言えないような言葉に、大げさだが奇跡を感じる。

無数にある言葉の中から、それ以上言いようがない完ぺきな言葉をあてはめるのは、至難の業だ。探って探って、それでも引き当てることはむずかしい。

いつか濾過できない感情を、ぴったりとはまる言葉で言えるようになるのだろうか。わたしはそんな奇跡のような言葉にたどり着けないでいる。

なれなかったもの

なりたいものになれなかった。

小学生のときに将来の夢として思い描いていた歌手にも小説家にもピアニストにも科学者にもデザイナーにもなれなかったし、行きたかった大学には落ちたし、なんなら卒業できなかったし、就職もうまくいかなかったし、その結果なんとなくいまここにいる。

その「なれなかったもの」の中でも特に、短歌に対して猛烈な羨望と劣等感がある。

小学生の頃、俳句の授業がいちばん好きだった。夏休みの宿題も俳句づくりをいちばんに終わらせた。季語を調べるのも、制約がある中で言葉を考えるのも楽しかった。

現代短歌を知ったのは高校生のときだった。たしか、国語の先生が現代短歌のニューウェーブについて教えてくれたのだったと思う。詩歌は、静かな場所でつくられている感じが好きだ。にぎやかな場所でつくる人もいるだろうし、ほかの創作物だって静かな場所でつくられることが多いのかもしれないが、自分の中でひたすら言葉をとがらせていく感じに、これはひとり静かな場所でつくられる文学なのだと思い、惹かれていった。

短歌の世界は、わたしの知らない視点や言葉で溢れていた。わたしのこの感情を研ぎ澄ますとこうなるかもしれないんだ、と共感することもあれば、見たことない景色がそのまま頭の中で広がっていく気がして驚くこともあった。つらいときに心の中で短歌を唱えてもう少しだけ踏ん張ろうと思うこともあれば、街を歩きながら、この景色を短歌で知っていると思うこともあった。

自分でも短歌をつくりたいと思い始めたのは、高校を卒業して、なんにもできないまま地元の工場でバイトをしていたときだった。

その頃、『ＮＨＫ短歌』という番組で、ピースの又吉直樹さんが「短歌とは投げてない方の手」と言っていたことを覚えている。わたしの投げてない方の手は、いつも何かを握ろうとして、何かを成そうとして、何もできず、正しい手のあり方すら分からず、ふらふらとさまよっていた。その手について書くことが許されていることがありがたかった。わたしは、自分の心のくすぶりを短歌で救おうと思っていた。

上京してからも、しばらく短歌をつくっていた。何も変わらず何もできない自分にもがいていたときも、毎日一玉十九円のうどんしか食べられなかったときも、人と話すのが苦手なのに接客業のバイトをして、休憩室から自分の悪口が聞こえたときも、短歌をつくっていた。歌会に参加し、短歌賞に応募し、そのあいだわたしは救われていた気もするし、自分の感情ひとつ自分の望むかたちにできないことに呆れかえっていた気もする。

就職して、日がな一日自分に向きあうことも、世界を見つめることもしなくなり、三十一音への執着心はなくなってしまった。客観的に見れば、わたしにとっての短歌は「若い頃に少しかじったもの」でしかなかった。ただそれだけのことだった。

「なれなかったもの」をいつ受け入れられるようになるのか、見当がつかない。かつて憧れたことを叶えている人や、手に入れたかったものを持っている人を羨ましく思っても、そこに「でも、なれなかった自分」を混ぜずに見ていたい。人にやさしく、嫌な感情は持たず、自分に期待せず、自分にしかないものや特別な人生を求めず、諦められないものは思い出さないようにして、静かに生きたい。

もう、その考え自体が「投げてない方の手」を見ないようにしているだけなので、羨望も劣等感も抱く意味がないほどに、わたしは何も成していなかったのだと気づかされる。

おわりに

いつも「生きていけない」と思っているから、それを文字にしてきた。

自分の人生はどうしても自分だけにしか与えられず、本当に思っていることは自分にしか分からない。だから、自分しか知らない自分だけの「生きていけない」の正体を言葉で記録しておくことができれば、その行為自体がいつかわたしを助けてくれると信じていた。

「生きていけない」の正体を突き止めようとすると、いつも自分の醜さに直面する。いつか誰かにどうしようもない人生から連れ出してもらいたいと甘ったれたことを考える一方で、うれしいことがあるとそのあと絶対に悪いことが起きて全部台無しになる気がした。

救いを求め、人に対して欲してばかりいながら、やさしくされるといつかは愛想を尽かされるだろうと絶望し、誰かと親しくなるといつ嫌われるのだろうかと想像した。

その矛盾の中で、ああでもない、こうでもないと出口を求めて右往左往しているのがわたしだった。

自分の醜さをさばく作業はくるしい。わたしはわたしから逃げることなどできないのだから、心に立つ白波を直視せず、のらりくらりと生きていけなさをかわしていく方がいいだろう。

なのに、あぁ嫌だ嫌だと思いながら、わたしはわたしの感情を完全に理解したかった。自分のことだけは自分が分かっていると思いたかった。それができるようになれば、視界が晴れるに違いないのだから。

そうしてSNSやブログをたまに書いて十年ほど経った。

2023年の12月、本を出さないかと声をかけていただいた。

「ひとりの夜に寄り添うようなエッセイを」と企画について説明していただいたが、人に寄り添えたことなどない人間にそれを依頼するなんて変だと思った。

誰かに読まれる場所で文章を書いておきながら、誰にも自分を真に見られたくなかった。なりたいものになれなかった自分は、何も正しいことを書けない。なのに、それを指摘されるのは嫌だから、傷つく必要のない場所にいようとした。

わたしの人生も感情も、わたしだけのものだ。誰かに勝手に見定められるなんてごめんだ。人に見られるのがこわい。評価を正面から受け止められるような人間じゃないのだ。それができるなら、いま頃もっと立派に生きているはずだ。

投げかけられるかもしれない批判を勝手に想像し、勝手にまた人を嫌いになり、勝手に心にクッションを敷き詰めた。
また、誰からも必要とされないことを想像し、批判されると思っていたことすらおこがましいと思われて失望されることを考え、そのパターンでも心にクッションを敷き詰めた。

そして、やっぱり本を出すなんて無理だと思った。

どう返事をしようかと悩んでいたら、年が明けた。
何か明確なきっかけがあったわけではないのだが、実家から東京へ戻る新幹線の中で、ふと、「よし、書こう」と思った。

自分の体験したことや、感情を残しておくのはいいことかもしれないと思ったのだ。本当に思っていることを口に出すことにむずかしさを感じるなら、本当に思っていることを文章で残すしかないのだろう。

一冊丸々、幼稚なことをなんのひねりもない言葉で書いているだけかもしれない。誰もあとがきまでたどり着かないかもしれない。浅慮《せんりょ》な人間が悲しいふりをしているだけだと思われるかもしれない。あまりのくだらなさに、誰も読むことができないかもしれない。

でも、わたしはわたしのただひとりの代弁者として、本当に思っていることを記録しようと決めた。

「分かりあえなさについて」で書いた、『彼氏彼女の事情』（津田雅美・白泉社）の名言「もし傷つくのなら　最初の相手は　有馬がいいわ」を思い出していた。傷つくのなら、本当に思っていることを書いたときにしよう。いつも何かになりたいと思いながら何にもなれなかったが、わたしはわたしになれるかもしれないのだから。

わたしの人生は、わたしの人生である限り完成しない。諦めたもので構成されていき、歳をとるほどに息苦しくなる。

本が出てもわたしの脳内は明るくならず、残念ながら生活も変わらず、当然のようにわたしはわたしを好きになれないままだが、ひとつ思い出ができた。きっと、死ぬ前にほほえみながら思い出せるだろう。

声をかけてくださった鈴木さま、暗い内容を受け入れてくださった編集部さま、カバーと挿絵のお写真を撮ってくださった2さま、拙い文章を読んでくださったみなさま、ありがとうございました。

STAFF

写真	2
編集	鈴木菜々子（KADOKAWA）
ブックデザイン	西垂水敦・内田裕乃・岸恵里香（krran）
校正	鷗来堂
DTP	キャップス

朝《あさ》を待《ま》つなら海《うみ》の中《なか》

2025年1月4日　初版発行

著者／無傷《むきず》
発行者／山下 直久
発行／株式会社KADOKAWA
〒102-8177　東京都千代田区富士見2-13-3
電話0570-002-301（ナビダイヤル）
印刷所／大日本印刷株式会社
製本所／大日本印刷株式会社

●お問い合わせ
https://www.kadokawa.co.jp/（「お問い合わせ」へお進みください）
※内容によっては、お答えできない場合があります。
※サポートは日本国内のみとさせていただきます。
※Japanese text only

定価はカバーに表示してあります。

ISBN 978-4-04-811346-5　C0095